归卧故山秋

古诗词中的意境

陈晋熙 著

商务印书馆
The Commercial Press

目录

自序	001
剑——美人如玉剑如虹	007
舟——欲回天地入扁舟	015
漏——金炉香尽漏声残	025
禅——禅房萧森花木深	035
窗——窗含西岭千秋雪	043
樽——莫使金樽空对月	049
砧——白帝城高急暮砧	057
烛——何当共剪西窗烛	063
雨——红楼隔雨相望冷	073
袖——独立小桥风满袖	081
鸿——鸿飞那复计东西	091
气——腹有诗书气自华	099
扇——何事秋风悲画扇	109
亭——来往亭前踏落花	117
楼——迢递高城百尺楼	125

碑——岘首碑前洒几多　133

采薇——采薇收橘不堪论　143

读书——晓窗分与读书灯　151

蜉蝣——不知身世是蜉蝣　159

宫殿——奉帚平明金殿开　167

孤云——闲爱孤云静爱僧　177

黄河——黄河之水天上来　185

金井——金井梧桐秋叶黄　195

客舍——客舍青青柳色新　203

美人——美人如花隔云端　211

女墙——夜深还过女墙来　221

玉阶——玉阶寂寞坠秋露　229

玉门关——春风不度玉门关　237

堂前燕——旧时王谢堂前燕　243

桃花源——桃花流水窅然去　251

自序

王昌龄在《诗格》中写道:"诗有三境:一曰物境。二曰情境。三曰意境。"他认为物境得其形,情境得其情,意境得其真。王国维在《人间词话》开篇赞曰:"词以境界为最上。有境界,则自成高格,自有名句。"有的诗词,我们读后如同嚼蜡,枯燥无味;有的则如品甘茗,回味无穷,意境是关键因素。郑板桥曾作《咏雪》:"一片两片三四片,五六七八九十片。千片万片无数片,飞入梅花总不见。"没有最后一句神来之笔,烘托出雪与梅融为一体的意境,前三句恐难称之为诗。也难怪会有人拿此诗张冠李戴地演绎,传说好作诗的乾隆一次看到下雪,便心血来潮吟了前三句,最后不知如何收尾,好在一旁的纪晓岚及时补了最后一句,才解了皇帝的尴尬。

意境者,意与境之融合也。意是作者想表达的思想和情感,主观且抽象;境是思想和情感所投射的景和物,客观且具象。当意与境交融在一起,主观与客观、抽象与具象的界限变得模糊了,亦显亦隐、亦真亦幻、亦实亦虚的意境便氤氲而生。"旧时王谢堂前燕,飞入寻常百姓家",感觉真实,实则虚幻,因为魏晋时期的燕子不可能穿越到唐朝来。"夜来幽梦忽还乡,小轩窗,正梳妆。相顾无言,惟有泪千行",虽然写的是虚幻的梦境,却是生活中真切场景的再现。

意是境之魂,决定了诗人的站位和视角。如同样写秋天,既可以是"楼倚霜树外,镜天无一毫"、"晴空一鹤排云上,便引诗情到碧霄"的旷达豪放;也可以是"月落乌啼霜满天,江枫渔火对愁眠"、"万里悲秋常作客,百年多病独登台"的忧愁悲怆。境是意之体,把高度概括的意念转化为具体生动的景物。如"孤舟蓑笠翁,独钓寒江雪"、"无边落木萧萧下,不尽长江滚滚来",对于特殊情境的共同体验所催生的联想力和感染力,远非概念性和阐释性的语言文字可以比拟。

诗词中有时以意写境,主观联想重一点,如"羌笛何须怨杨柳,春风不度玉门关"、"泪眼问花花不语,乱红飞过秋千去";有时以境写意,客观洞察多一点,如"大漠孤烟直,长河落日圆"、"星垂平野阔,月涌大江流"。两者并无优劣之分,关键在于意与境的协调统一。意太盛显得造作牵强,难以引发读者的共情,那些喜欢堆砌掌故的诗词便是如此,如吴激的《人月圆·宴北人张侍御家有感》;境太过则缺乏韵味,有形无神,难以打动人,如王维的一些诗工于境的设计,虽然精致巧绝,却少了点令人回味的东西。

读者对诗词意境的领悟,有赖于与诗人共同的生活经验和文化背景。如"举头望明月,低头思故乡",所有身在异乡的人都能感同身受,而"日暮汉宫传蜡烛,轻烟散入五侯家",只有唐德宗这样的帝王才能深谙其意,其中关键在于生活经验的差异。我们能从"采菊东篱下,悠然见南山"、"相顾无相识,长歌怀采薇"诗句中解读出诗人归隐田园的怡然自得,主要得益于相同文化背景下对特殊文化符号的心领神会。如今,随着生活场景的巨大变化以及多元文化的冲击,我们与古人的"连接点"越来越少,这构成了我们品读古诗词的最大障碍。剑、漏、砧、樽、舟……那些曾在生活中不可或缺的物件逐渐消殒落幕,退出历史的舞台;女墙、宫殿、黄河、玉门关、桃花源……那些发生过无数传奇故事的地方已褪去初始的色彩,愈发陌生疏远。当我们在古诗词中读到这些景与物时,感知变得迟钝,想象变得贫乏,意境引发的共鸣效应大大减弱。

初读苏轼的《卜算子·黄州定慧院寓居作》,起首两句"缺月挂疏桐,漏断人初静"让我甚感困扰,因为不知道"漏断"为何物。在对"漏"作深入了解后,我特别喜欢这两句词,因为它用别有声感的时间衬托了深夜沙岸的静谧,创造出清透纯美的意境。受此启发,我萌生了用古今视角的切换来解读古诗词中意境的想法,尤其是那些因为时空阻隔已经"消失"的意境。在创作过程中,我欣喜不已,因为围绕着意境可以延伸出很多有意义的话题,如作者的审美意趣、生平轶事、思想情操,以及他们所处时代的文化景观,等等。所以在品味古诗词之美的同时,我也明白了一个道理——意境之于读者,应如《庄子·外物》所言:"荃者所以在鱼,得鱼而忘荃;蹄者所以在兔,得兔而忘蹄;言者所以在意,得意而忘言。"读懂意境是为了忘却意境,把诗意装进情怀,浓缩成人生的感悟,是我赋予古诗词当代意义的一次有益探索。

贾岛的《题后诗》写道:"两句三年得,一吟双泪流。知音如不赏,归卧故山秋。"这首诗最后一句用意境化的手法表达了对知音真挚的情感,我不认为这是诗人自怜自弃的消极独白,而是诗人既舍得放弃又敢于坚持的真情流露。心有所向,方能高远。置身于忙碌且焦躁的都市生态中,我们越来越难走进诗人的精神世界,是因为现实生活里选择太多、专注太少,参与喧闹太多、独守宁静太少,被动赶路太多、主动停歇太少。出于对现实的超脱,我愿意把古代的诗人和词人作为知音,追随他们的心迹,去卧听山中的秋风飒飒、虫声唧唧，在星月皎洁、风卷残叶的夜晚，挑灯吟诵那冥思苦想、呕心沥血得来的诗句与词句，给自己的心灵片刻的宁静与自在。

是为序。

2021年11月23日于紫竹轩

剑
——美人如玉剑如虹

剑,是武士手中的利器,又是文人心中的豪气。唐代诗人中最有侠客情结的要数李白,以至于在他的自传诗里,都忍不住把仗剑杀人作为吹嘘的事迹,如他在《赠从兄襄阳少府皓》中写道:"托身白刃里,杀人红尘中。"当然,我们大可不必对李白诗中叙事的真伪较真,因为在他生活的盛唐,春秋时期的侠客精神回光返照,那种跨骑宝马、腰佩宝剑、客栈痛饮、都市杀人的行为,令很多诗人艳羡。诗中,"杀人"是常有的事,而且往往写得豪气冲天、血脉偾张,很有阳刚之美。如李白的《白马篇》:"酒后竞风采,三杯弄宝刀。杀人如剪草,剧孟同游遨。"《结客少年场行》:"托交从剧孟,买醉入新丰。笑尽一杯酒,杀人都市中。"而最为读者所熟悉的,还是《侠客行》:

> 赵客缦胡缨,吴钩霜雪明。
> 银鞍照白马,飒沓如流星。
> 十步杀一人,千里不留行。
> 事了拂衣去,深藏身与名。
> 闲过信陵饮,脱剑膝前横。
> 将炙啖朱亥,持觞劝侯嬴。
> 三杯吐然诺,五岳倒为轻。
> 眼花耳热后,意气素霓生。

[宋]马远《踏歌图》

救赵挥金槌，邯郸先震惊。

千秋二壮士，烜赫大梁城。

纵死侠骨香，不惭世上英。

谁能书阁下，白首太玄经。

李白虽然未必杀过人，但肯定时常仗剑而行，剑是他旅途中的伴侣，也是他向世人宣示的侠客情怀。利剑出鞘，不是与人搏斗，而是酒过三巡之后，拂剑而歌、直抒胸臆、亮明志向的情感宣泄。"停杯投箸不能食，拔剑四顾心茫然"，或许在他怀才不遇的困顿之时，剑是唯一能听他诉说的知己，是鼓舞他一路披荆斩棘，重整"长风破浪会有时，直挂云帆济沧海"雄心的精神寄托。

诗人对侠客的向往，不是因为侠客能杀人，而是他们以命相许、坚守信义的精神担当。侠客有自己的独立人格和价值追求，做任何事情都基于自由的意志，他们不会被奴役，也不可能被收买，而一旦立下诺言，便把自己变成一部兑现诺言的机器，正所谓"海岳尚可倾，吐诺终不移"。

不管是现在还是古代，一诺千金，都是令人景仰的高贵品格。之于朋友，它是"士为知己者死"的义薄云天；之于红颜，它是"天地合，乃敢与君绝"的侠骨柔情。诗人的精神世界是孤独的，所以在现实世界中，他们多么渴望有像侠客一般可以信任和托付的知己。既然现实不可得，就让自己化身为侠客，在诗的世界里纵横驰骋、行侠仗义。

侠客精神鼎盛于春秋时期，到了唐朝已进入末世。唐之后，侠客便再难得见。失去了精神内核的勇夫，游离于体制之外，堕落成专与官府作对的草寇。侠客与草寇最大的区别在于，侠客奉行精神自主，所以独来独往；而草寇为了共同利益聚在一起，因此结伴而行。初期的草寇也不太坏，像水泊梁山的英雄好汉，仍有替天行道、劫富济贫的道义自觉。

侠客的兴起和消殒是历史演进的结果。唐朝的节度使近似于一方诸侯，可以独立拥有官僚建制和武装力量，豢养属于自己的幕僚和武士，这成了士人和侠客赖以生存的土壤。跨越了五代十国之乱世，为防止"陈桥兵变"的闹剧重演，宋太祖赵匡胤策划了"杯酒释兵权"，自此加快了中央集权的步伐。宋朝的皇帝直接领将统兵，地方的军事和官员都由朝廷统一调配，没有了地方武装割据，侠客也就失去寄居之所，慢慢退出历史的舞台。

因此，到了宋朝，剑不再与侠客的身份紧紧地捆绑在一起，亮剑的地方不再是红尘都市，而是吹角连营的沙场；杀人的目的不再是快意恩仇，而是收复山河、杀敌报国，如辛弃疾的《破阵子·为陈同甫赋壮词以寄之》：

醉里挑灯看剑,梦回吹角连营。

八百里分麾下炙,五十弦翻塞外声,沙场秋点兵。

马作的卢飞快,弓如霹雳弦惊。

了却君王天下事,赢得生前身后名。

可怜白发生!

随着侠客精神的远去,剑的精神内涵也发生了变化,被赋予了更为沉重和神圣的使命。诗人的个人英雄主义向国家和民族的荣誉归位,"拔剑"的豪气蜕变成"看剑"的意气,"四顾心茫然"不知所从的迷惘也转化为"可怜白发生"不得其志的惆怅。然而,侠气并没有在诗人的身上彻底散去,只是经常与酒气混杂在一起,出现在亦真亦幻的梦境中,如陆游

[明]沈周《策杖图》

《三月十七日夜醉中作》所写：

前年脍鲸东海上，白浪如山寄豪壮。
去年射虎南山秋，夜归急雪满貂裘。
今年摧颓最堪笑，华发苍颜羞自照。
谁知得酒尚能狂，脱帽向人时大叫。
逆胡未灭心未平，孤剑床头铿有声。
破驿梦回灯欲死，打窗风雨正三更。

如今，剑远离了我们的生活，侠客只在小说和电视里出现。在文明的社会里，我们不再需要佩剑来壮胆护身；在和平的日子里，也不再需要通过亮剑来以身许国。在没有剑的年代，宏图霸业、江湖草莽、美酒英雄，那些荡气回肠的人和事，都已成为遥远的传说。

或许，剑的魂魄只是沉睡而已，等它苏醒过来，又将搅动这尘世的风波……

舟

——欲回天地入扁舟

古代文人对"舟"有着复杂的情感,既想借此表露远离尘世的潇洒,又难掩无可奈何的酸楚。连孔子此等通达邃晓的圣人在失意时都想"乘桴浮于海",更何况心高气傲而又英雄气短的读书人。

说到舟,不得不先说说舟楫浮泛其间的江湖。《庄子·大宗师》曰:"相濡以沫,不如相忘于江湖。与其誉尧而非桀也,不如两忘而化其道。"江湖给人一种深不可测、烟波浩渺的感觉,所以置身江湖的人,如流水浮萍,居无定所、来去无踪,有一种无足轻重而又自由自在的洒脱。

不知道从什么时候起,江湖与庙堂成了二元对立的一组词语,如范仲淹在《岳阳楼记》中写道:"居庙堂之高则忧其民,处江湖之远则忧其君。"也许,农耕文明下,统治者对江海湖泊有一种疏远感,相比于被禁锢在土地上的农民,不依赖天公作美和水利灌溉的渔民有着自行其是的天性,较难教化和管理,所以江湖成了远离权力中心的代名词。泛舟于江湖,经常是文人辞官归隐的内心独白,如苏轼的《临江仙》:

夜饮东坡醒复醉,归来仿佛三更。

家童鼻息已雷鸣。

敲门都不应,倚杖听江声。

[元]吴镇《秋江渔隐图》(局部)

长恨此身非我有,何时忘却营营。
夜阑风静縠纹平。
小舟从此逝,江海寄余生。

经历了"乌台诗案"的苏轼,对人生的意义有了全新的感悟。当他倚杖伫立在黄州的江边,迎着凉风徐徐,听着江水滔滔,看着蒹葭苍苍,或许想起了庄子钓于濮水的场景。他从内心问自己:宁其死为留骨而贵乎?宁其生而曳尾于涂中乎?然而,此时的苏轼连当楚国的乌龟,曳尾于涂中的自由都没有。据说他的诗传出后,在京城的政敌以为他跑了,赶紧让地方官员查验,结果打开苏家的门后,发现苏大文豪还沉醉在梦乡中。

"有人辞官归故里,有人漏夜赶科场。"苏轼想归隐而不可得,李白却因罢官而愤懑不平。虽然他也想弄一叶扁舟,隐身于江湖,不过这样做却是对怀才不遇、壮志难酬境遇的一种宣泄。请看他的《宣州谢朓楼饯别校书叔云》:

弃我去者,昨日之日不可留;
乱我心者,今日之日多烦忧。
长风万里送秋雁,对此可以酣高楼。
蓬莱文章建安骨,中间小谢又清发。

俱怀逸兴壮思飞,欲上青天览日月。

抽刀断水水更流,举杯消愁愁更愁。

人生在世不称意,明朝散发弄扁舟。

李白的"隐"是为了"显",是为了吸引更多的人注意,所以他泛舟而行,不像苏轼那样,只求悄无声息地隐逝,而要弄出很大的动静。他不但故作姿态、披头散发,还煞有介事般执竿垂钓,有如另一首诗中所述:"闲来垂钓碧溪上,忽复乘舟梦日边。"李白是魏晋狂人的追随者,虽然不服五石散,不时常长啸,却要充分展现他的行为艺术,得意时"仰天大笑出门去,我辈岂是蓬蒿人",失意时"大海乘虚舟,随波任安流"。

姜子牙垂钓于渭水,开创了隐士期望明主的行为范式,也赋予了"钓"全新的寓意。明明是被动地等待,却要

[元]方从义《东晋风流图》(局部)

隐喻成主动的设局;明明是心甘情愿的投奔,却要描绘成天命安排的上钩。或许这就是中国文字的美妙之处,"钓"既熨平了文人才高气傲又不得不投靠他人的委屈,又成全了君王求贤若渴、礼贤下士的美名。在一个社会资源按身份而不按才能分配的年代,这也算是一种公平。李白的好友孟浩然就很善于把握尺度,利用"钓"字,把给宰相张九龄的投赠诗写得既大气磅礴又含蓄委婉:

八月湖水平,涵虚混太清。
气蒸云梦泽,波撼岳阳城。
欲济无舟楫,端居耻圣明。
坐观垂钓者,徒有羡鱼情。

与李白《上李邕》中"宣父犹能畏后生,丈夫未可轻年少"的高调张扬相比,《望洞庭湖赠张丞相》在分寸上则显得得体许多,从描绘洞庭景象再到描绘自己的处境,过渡十分自然,没有生硬的痕迹。诗中的舟楫不再是隐退江湖的符号,而是跻身仕途的依靠。垂钓者引发了诗人的羡鱼之情,"临渊羡鱼,不如退而结网",渴望仕途的心声自然流露,却一点儿也不露骨。

孟浩然在诗人朋友圈中,具有很高的知名度,连李白

[元]佚名《扁舟傲睨图》

都频频赠诗与他,而且率真直白地发出"吾爱孟夫子,风流天下闻"的赞美,就像现在粉丝对明星的痴迷。然而,平时风流洒脱的孟浩然到了君王面前,却局促得像个裹脚女人,原本善于拿捏文字尺度的他,在唐玄宗面前吟出了"不才明主弃,多病故人疏"这样充满怨念的诗句,引得圣心不悦,失去了致仕为官的机会。

也许,对于生性疏野狂放的人,置身于庄重肃穆的庙堂,跻身于圆滑玲珑的官场,就是一场身心俱疲的折磨。如果孟浩然真当了官,可能就不会有"绿树村边合,青山郭外斜"、"野旷天低树,江清月近人"这等带有浓浓田园气息、清闲淡雅的诗句。才华横溢的李白虽然怀着初心冲进了官场,最终还是铩羽而归。"天子呼来不上船,自称臣是酒中仙"的豪迈,只是那个体制为这位天才的滑稽演出短暂地开辟特殊通道的娱乐时刻。

那些具有文韬武略的人，只能隐敛自己的锋芒，规规矩矩地当个官僚。也许在他们的内心深处，隐藏着始终没有消解的江湖情结，等待着"永忆江湖归白发，欲回天地入扁舟"的一天。没有"显"，哪来的"隐"；而只有"显"，不懂得"隐"，人生该是多么无趣！

漏
——金炉香尽漏声残

当我第一次在古诗词中读到"漏"时,发现古人对时间的感悟要比今人深切得多。虽然古代的计时工具不少,如线香、日晷、圭表等,但是没有一件器物,能像"漏"那般营造出如此丰富而细腻的意境。

你可以想象,在夜深人静的时候,月色下静置着一樽泛着冷光的银壶,水从它底部的小孔断断续续地滴漏下来,落入侧旁玉刻蟾蜍的口中,"咚咚"的声音细微而沉着,原本无声无息、无色无味的时间,顿时变得富有形态而又别具声感。

多数诗词借"漏"来表达秋夜的漫长,正因为夜长,所以漏声听着便也长了。如张仲素的《秋夜曲》:

丁丁漏水夜何长,漫漫轻云露月光。
秋壁暗虫通夕响,寒衣未寄莫飞霜。

秋天是昼渐短、夜渐长的季节,也是天转寒、衣嫌薄的时令。在这个时候,人对时间格外敏感,尤其当夜幕降临,车水马龙的喧嚣逐渐散去,五彩斑斓的绚丽被黑暗吞噬,一声声的滴漏很容易撩动独处之人思念的心弦。越是思念,越寂寞难耐;越寂寞难耐,越觉得夜太长。

当然,诗人偶尔也有觉得滴漏逼促的时候,如苏东坡

的先祖苏味道在《正月十五夜》里写道:

> 火树银花合,星桥铁锁开。
> 暗尘随马去,明月逐人来。
> 游伎皆秾李,行歌尽落梅。
> 金吾不禁夜,玉漏莫相催。

唐朝虽实行宵禁,但每逢一些重大的节日便会取消禁令,通宵达旦举办庆祝活动。苏老先生平时一定喜欢夜游,那嘀嘀咕咕的玉漏对他而言,或许就像一位念念叨叨的老太,虽然不胜其烦却又无可奈何。每当夜晚游兴正足的时候,总有一个声音不断提醒:"宵禁时间到了!宵禁时间到了!"如今难得碰上正月十五,能够彻夜游玩,他终于可以任性地对时间这位"老太"说:"别念叨了,宵禁取消了!"与苏味道玩心太重相比,司马光则刻板许多,如他的《和子华招潞公暑饮》,感慨于夜间宴乐暑饮,只觉得时间过得太快。

> 朱门近在府园乐,杖屦过从跬步中。
> 避暑连翩投辖宴,析酲萧洒满襟风。
> 闲来高韵浑如鹤,醉里朱颜却变童。
> 剪烛添香欢未极,但惊铜漏太匆匆。

与朋友故人把酒言欢，是古代文人娱乐消遣的常规选项，也是激发诗词创作灵感的绝佳时机。酒能壮凡人胆量，也能长书生意气。平时的隐忍和顾忌抛在一边，牢骚和愤懑酝酿成豪言壮语，虽夹带着张狂，却也彰显阳刚之美，闪烁思辨之光。像刘禹锡的千古名句"沉舟侧畔千帆过，病树前头万木春"，正是在筵席上酬答白居易所写。在觥筹交错的时候，诗人之间一唱一和、一赠一酬，酒气的激荡、思想的碰撞、心声的共鸣同时发生，交融成诗词灵感的催化剂。

[宋] 马远《华灯侍宴图》

"漏"不但有长、短之分，还有残、断之态。当壶中的水越来越少，水滴的声音变得不是很饱满，这便是漏残的状态。"残"字虽然寓意不是很好，却蕴含着主体对客体的呵护与珍惜，似乎只有美好且柔弱的东西才配以之形容，如花残、月残、烛残,而你不会说树残、日残、石残。诗人会觉得漏声残,是漫漫长夜里难以排遣和割舍的情愫在作怪,一边是失眠的苦楚和愁思的缠绵,另一边是孤独的清醒和灵魂的省察,所以王安石才会在香尽漏残的深夜,发现月移花影的幽趣:

金炉香尽漏声残,剪剪轻风阵阵寒。
春色恼人眠不得,月移花影上栏干。

漏断是节奏的跳跃,诗人本以为夜里辗转反侧是漏声烦扰的缘故,没想到漏断声消之后,清醒反而进入更加透彻的状态。这时他才领悟到,漏声原来是深夜唯一的陪伴,当一切归于静寂,那种孤独更加刻骨铭心。当然,纯粹的孤独也能把人带入别有一番滋味的境界,写出如《卜算子·黄州定慧院寓居作》这样优美的词句:

缺月挂疏桐,漏断人初静。
时见幽人独往来,缥缈孤鸿影。
惊起却回头,有恨无人省。
拣尽寒枝不肯栖,寂寞沙洲冷。

"缥缈孤鸿影""寂寞沙洲冷",这是何等清美,只有万籁静寂才能与之相称,任何声响,哪怕再细微,都与画面的纯净相违和。与苏轼的词相比,李贺的《浩歌》则显得大气磅礴:

> 南风吹山作平地,帝遣天吴移海水。
> 王母桃花千遍红,彭祖巫咸几回死。
> 青毛骢马参差钱,娇春杨柳含细烟。
> 筝人劝我金屈卮,神血未凝身问谁。
> 不须浪饮丁都护,世上英雄本无主。
> 买丝绣作平原君,有酒惟浇赵州土。
> 漏催水咽玉蟾蜍,卫娘发薄不胜梳。
> 看见秋眉换新绿,二十男儿那刺促。

"漏催水咽玉蟾蜍",是时时刻刻的焦虑;而"卫娘发薄不胜梳",则是物是人非的感叹。李贺有别于其他诗人,跳出"漏"所局限的情境,收起对时间敏感的触角,不再一味地陷入分分秒秒的纠缠之中,而是放飞思绪,把视角带入斗转星移、沧海桑田的宏大画面。时间是一切的主人,万物的有与无、生与灭,世事的浮与沉、兴与亡,都逃脱不了它的主宰。虽然李贺可以喊出"世上英雄本无主",可即使是英雄也逃不出时间的操控,"时来天地皆同力,运去英雄不自由"是他们共同的宿命。

李贺的父亲叫李晋肃,"晋"与"进"同音,为了避讳父亲的名字,他不能参加进士考试。激扬文字和指点江山,是古代文人共同的志向,对李贺而言,仕途的路封死了,只剩下激扬文字一条道。然而,才华横溢的他,不甘于只是游戏文字,一心想成为指点江山的英雄,所以他才会对时间的流逝那么惶恐不安,为二十岁未能建功立业而焦虑。

[明]徐渭《墨葡萄图》

李贺的生命很短暂,二十七岁韶华之年就陨落人间,然而他的人生毕竟像春天的花儿一样怒放过,他的诗歌也为后世所传唱。历史上有太多的无名之辈,费尽毕生精力

想在人世间留下印记,可还是被时间的洪流冲刷得干干净净,最后也只能在风烛残年发出如徐渭《题葡萄图》一样的喟叹:

半生落魄已成翁,独立书斋啸晚风。
笔底明珠无处卖,闲抛闲掷野藤中。

如今,"漏"这种物件,只能在博物馆里看到,至于夜晚的漏声也早已无处寻觅,哪怕上个世纪厚重且机械感十足的摆钟的嘀嗒声也难以听到。时间对于今人而言,只是拿起手机的匆匆一瞥,很少有人再愿意感受它的呼吸、倾听它的诉说。我们经常说利用好时间,似乎时间就只有用的功效,其实不妨偶尔把它当成欣赏的对象,在时钟嘀嗒中听它流淌,在树影斑驳中看它移转,也许你会真的体验到:时间,是多么美妙!

禅
——禅房萧森花木深

禅,是佛教的修持之道,也是形而上学教义与声色大千世界的一座桥梁。它为佛教信仰塑造了一种富有艺术气质的行为方式,也赋予了艺术发展别有洞天的广阔空间。以禅入诗词、以禅入书画,古代文人在用文字和视觉艺术推动抽象禅理具象化的同时,也把意境创造带到一个全新的维度。有诗佛之称的王维是禅之意境的大宗师,那首《过香积寺》为大家耳熟能详:

[唐]王维《伏生授经图》

> 不知香积寺,数里入云峰。
> 古木无人径,深山何处钟。
> 泉声咽危石,日色冷青松。
> 薄暮空潭曲,安禅制毒龙。

王维既是诗人,又是画家,他的许多诗都来源于构图的灵感,这是画家视角的一种本能。如果用心品味,你会发现王维的诗就是画。他以文字代替水墨,用意境构思画面,在整体上追求整饬和干净的风格,在空间上追求远近高低的层次感，在景致的安排上注重搭配和协调，在视线的变化上讲究连贯和顺畅，《山居秋暝》是最好的例证：

> 空山新雨后，天气晚来秋。
> 明月松间照，清泉石上流。
> 竹喧归浣女，莲动下渔舟。
> 随意春芳歇，王孙自可留。

明月古松、清泉山石，一上一下；竹林浣女、莲池渔舟，由近及远。景物配置和空间布局十分精心巧致，完整体现了唐代绘画的审美范式。其他诗人在美学规范上，都不及王维严谨。如李白的"飞流直下三千尺，疑是银河落九天"，虽气势宏大，却过于突兀；杜甫的"野径云俱黑，江船火独明"，虽淡雅清幽，却不够饱满；李商隐的"沧海月明珠有泪，蓝田日暖玉生烟"，虽朦胧委婉，却稍显晦涩。然而，用绘画的审美来写诗，是能力，也是局限。画面感十足的文字，可以帮助读者清晰地捕捉诗人的意境，却弱化了抽象表达的功能，限制了想象的空间，阻隔了诗的韵味。

"古木无人径，深山何处钟。泉声咽危石，日色冷青松。"这些诗人行进路上的所见所闻，在普通人眼里是日常的景象，在王维笔下却饱含禅意。写出这样的文字，不但需

[宋]马远《松下闲吟图》

要精通禅理，还需要自然知性和人生悟性的启迪。一花一世界，一叶一菩提，生活中处处充满禅机，就看你有没有慧根去发现和领悟。像月印河川这种景象谁都可以见到，又有几人能体会到"千江有水千江月，万里无云万里天"的境界？

安禄山攻陷长安后，王维因供职其麾下而饱受指责，幸亏此间他写了抒发亡国之痛的诗作《凝碧池》，赢得了唐肃宗的同情，得以在安史之乱后不被治罪。这段经历让王维难以释怀。古人把"身后名"看得很重，历史评价是制度和道德之外约束君臣行为的隐形准则，如嘉靖皇帝之所以不杀海瑞，是因为他不敢背杀害忠良的历史骂名。

王维在仕途进路受阻之后，选择了半隐的生活，田园

[元]倪瓒《雨后空林图》

山水和参禅信道，是他远离官场龌龊，解脱尘世和洗涤心灵的精神寄托。他用才学和思考为人生开辟了一条新路，也铺就了诗作的底色。与唐代许多才华横溢的诗人相比，王维的诗虽然缺乏气冲霄汉的豪情和绚丽多彩的想象，却闪现着明净圆融的智慧之光。

禅之于王维是通透的灯塔，而僧之于贾岛是困扰的围墙。贾岛曾是个僧人，在唐朝开放的环境下，僧人不太受清规戒律的约束，他们事佛之余，有很多爱好，如怀素喜欢饮酒和狂草，时常游走于权贵之间，而贾岛则喜欢作诗苦吟、斟酌字句，"推敲"的典故正源于其著名诗作《题李凝幽居》：

闲居少邻并，草径入荒园。
鸟宿池边树，僧敲月下门。
过桥分野色，移石动云根。
暂去还来此，幽期不负言。

如果说王维的诗钟情于绘画的美，那贾岛的诗则沉湎于文字的美。"两句三年得，一吟双泪流"，说明其写诗是何等用心良苦！比之"笔落惊风雨，诗成泣鬼神"的李白，以及"七龄思即壮，开口咏凤凰"的杜甫，更为令人震撼。虽然我也明白这是诗人夸张的笔法，但还是忍不住想象其为了两句诗十四个字，冥思苦想一千个日夜，以及诗成之后把自己感动得痛哭流涕的辛酸画面。如果这样苦吟出来的诗句，还比不过那些天才诗人的信手之作，那老天真的太不公平了。

可偏偏有人觉得文章之妙，妙在天成，如陆游诗云："文章本天成，妙手偶得之。"老天有时就不太待见下笨功夫的人，贾岛一生穷愁苦闷，郁郁不得志。他的诗文字雕琢的痕迹过于明显，这与其孤僻优柔的性格有关。科场失意后，他削发为僧，后遇韩愈赏识，又还俗应举，总是在出世和入世之间摇摆，为僧难免思俗，入俗难弃禅心。这种性格导致他对自己的作品不太自信，十分在乎文字表达的精准和传神。他不能像李白那样恃才放旷，用强大的气场来圈粉，只能求诸苦心造诣，用尽善尽美和精诚所至来觅得知音。

可惜贾岛生错了年代，如果是在春秋或魏晋时期，他"知音如不赏，归卧故山秋"的精神，定会像俞伯牙和钟子期那样受人敬仰，可偏偏他生活在一个"端居耻圣明"的年代，连李白、杜甫、孟浩然此等"风流天下闻"的才子都不能免俗，一心求仕、干禄成风，更何况资质平平的众生。然而，历史有时令人匪夷所思，个人之不幸反而是时代之幸，王维的坎坷造就了诗界的宗师，贾岛的苦闷造就了诗界的巨匠。

窗

——窗含西岭千秋雪

生活在大都市,住在狭小逼仄的空间里,窗户成了一种奢望,遑论窗外的风光无限。

不少北漂的人有过住半地下室的经历,楼板下方,一道狭长的墙洞可以通风透光,但到了夏天的晚上,也成了蚊虫进来嘘寒问暖的通道。想临窗眺望,须搬把凳子垫脚。外面的世界很精彩,但不属于屋内的人,所以得做出这种偷窥的姿态。然而,能够得以一"窥"的却只是打扮得各具形态的双腿,闻到的是夹杂着各种气息的尘土味。

蜗居之家,只有墙没有窗;观景豪宅,却只有窗没有墙。人们虽然可以通过落地窗满足全景视野的视觉欲,却体验不到"窗含西岭千秋雪"那种借框取景的雅致感;虽然可以轻易地感受到高空鸟瞰的宏伟震撼,却难以享受到"倚南窗以寄傲,审容膝之易安"的平淡闲适。实际上,很多高层建筑为了安全,落地窗其实就是玻璃墙,只能打开一丁点儿缝通风。在玻璃的阻隔下,窗外与窗内,虽然在视线上是通透的,但在其他知觉的传递上却是不通畅的,在室内听不到鸟虫的鸣唱,闻不到花草的芬芳,感受不到空气的冷暖。

在古人眼里,窗常常与墙相对。墙用来宣示界限,如"春色满园关不住,一枝红杏出墙来";窗用来沟通里外,如"尽开窗户容秋月,遍倚阑干看晚山"。墙用来遮风挡雨，如"惊风乱飐芙蓉水，密雨斜侵薜荔墙"；窗用来听风看雨，如"小窗风雨，从今便忆，中夜笑谈清软"。墙能激发作者对宏大历史的感慨，如刘禹锡的"淮水东边旧时月，夜深还过女墙来"；而窗却能唤起他们对点滴过往的回忆，如苏轼的《江城子·乙卯正月二十日夜记梦》：

十年生死两茫茫，不思量，自难忘。
千里孤坟，无处话凄凉。
纵使相逢应不识，尘满面，鬓如霜。
夜来幽梦忽还乡，小轩窗，正梳妆。
相顾无言，惟有泪千行。
料得年年肠断处，明月夜，短松冈。

[宋]夏圭《雪堂客话图》

在梦里，诗人透过窗户，看到当年妻子梳妆的一幕。小轩窗，看似无心之笔，却是精心布景，没有窗的界隔，诗人与妻子就不是相顾无言，而是相拥万言。距离感消失之后，真与幻、实与虚的调和也就失度,若即若离的梦境便不复存在。

除了用窗的视角来写景和人之外,诗人还喜欢借倚窗、临窗、卧窗等来表露从容和淡定,或许这是寒窗苦读后的精神释放,如于谦诗中写道:"清风一枕南窗卧,闲阅床头几卷书。"再如程颢的《秋日》:

[元]佚名《青山画阁图》

闲来无事不从容,睡觉东窗日已红。
万物静观皆自得,四时佳兴与人同。
道通天地有形外,思入风云变态中。
富贵不淫贫贱乐,男儿到此是豪雄。

窗外风云变幻,窗内气定神闲,窗户成了有形宇宙和无形心力的连接点,这是儒家内圣外王理念具象化的体现。格物、致知、正心、诚意、修身、齐家、治国、平天下,中国文人信奉由内而外、自心向物的次第影响机理,所以要改变世界得从心开始,心力越强,对外界的影响越大。把小小的窗内世界作为心智的发力场,而窗外天下纷扰、沧海横流皆在意念的操控之中,功败垂成不过是一念之差、弹指之间而已。像诸葛亮那样未出茅庐而三分天下,"运筹帷幄之中,决胜千里之外",是每个文人梦寐以求的境界。当然,梦想终归是梦想,当梦想难以成真时,用孤独的心态来冷眼旁观窗外的热闹与喧嚣,把失意的人生过成诗意的人生,也算是人生价值的自我实现吧?陆游的《南窗睡起》写道:

> 梦中忘却在天涯,一似当年锦里时。
> 狂倚宝筝歌白纻,醉移银烛写乌丝。
> 酒来郫县香初压,花送彭州露尚滋。
> 起坐南窗成绝叹,玉楼乾鹊误归期。

窗内的个人奋斗能推动窗外的宏大舞台固然令人澎湃,而窗前的绝叹虽显无奈,却是真实的感怀。历史不应只有山河万里、驰骋奔腾的滚滚洪流,也应有小桥垂柳、水缓声幽的涓涓细流;人生不应只有"道通天地"的崇高境界,也应有"幽梦还乡"的细腻情思。幸亏有诗词,让我们能感受到历史的多彩与人生的多面。

樽
——莫使金樽空对月

古人饮酒有两大特点：一是酒量大，二是场面大。

酒量大从李白与饮酒有关的诗中可见一斑，如"金樽清酒斗十千，玉盘珍羞直万钱"、"美酒樽中置千斛，载妓随波任去留"、"百年三万六千日，一日须倾三百杯"。

场面大则体现在饮酒的道具和场合上，如"驾一叶之扁舟，举匏樽以相属"、"三峡江声流笔底，六朝帆影落樽前"、"滔滔千载兴亡恨，尽付凭栏对月樽"。

不管是樽还是爵，抑或觚、觥、觞、罍等等，古人饮酒的器具比之现代隆重许多。青铜质地、状若龟鸟、足高腹深、篆文饰身、兽衔环耳，这样一个物件端在手上，比拿一个玻璃杯或陶瓷碗，更能激起饮酒之人心中的豪气。当然，有了道具还不够，饮酒的场景也得相匹配。"樽俎楼台一长啸，江山风月几清秋"，算有点气势，而曹操"酾酒临江，横槊赋诗"，够得上"气吞万里如虎"。

"对酒当歌，人生几何！譬如朝露，去日苦多。"曹操喜欢借饮酒感慨人生，偏偏后世文人也喜欢感慨"他的感慨"。苏轼因"月明星稀，乌鹊南飞"，想起了当年曹操一世之雄的风姿，不由得慨叹"而今安在"。而早在五百多年前，那位被李白赞为"中间小谢又清发"的谢朓，就借歌咏铜雀台，来抒发同样的情怀：

穗帷飘井干，樽酒若平生。

郁郁西陵树，讵闻歌吹声。

芳襟染泪迹，婵媛空复情。

玉座犹寂寞，况乃妾身轻。

诗人想象了铜雀台之上祭奠曹操的盛况。虽然在高台之上，这位旷世豪杰，生前能举杯邀月、把酒临风，死后能配享樽酒、极尽哀荣，却终归一抔黄土、数木绕陵，再也听不到人世间的歌舞笙箫，难掩玉座上人去位空的寂寞。谢朓和苏轼都对曹操"人生几何"之问作了回应：赤条条地来，还得赤条条地去。

"人事有代谢，往来成古今。"再辉煌的人生终会落幕，而对辉煌人生的追求却永不落幕。长江滚滚的浪花能淘尽历史的英雄，却平息不了岸上人歌人哭的喧嚣。年少的曹操从许劭那儿获得"治世之能臣，乱世之奸雄"的评价

[宋]夏圭《长江万里图》（局部）

后大笑而出,不知道他因何而笑?也不知道他向往的是能臣还是奸雄?或许,他就是想成为两者的化身,既要能臣的贤达遐迩,又要奸雄的纵横驰骋。

[金]武元直《赤壁图》(局部)

曹操一生的功绩是天下文人梦寐以求的,文韬武略,拜相封王。然而,死后千年间他却逐渐被脸谱化为奸臣,可能是因为那句"宁教我负天下人,休教天下人负我"的直白流露,也可能是因为那套"挟天子以令诸侯"的政治权术,又可能是因为那些轻侮文人、残害名士的卑劣行径。总之,这一切都不是曹操所能想到的,也不是他那个时代的人所能预见到的。正所谓成败转头空,功过任凭说,是非纷扰扰,都付笑谈中!

樽,既是英雄意气风发时豪饮助兴的道具,也是文人惆怅黯淡时痛饮遣怀的伴侣。虽然谁都知道"抽刀断水水更流,举杯销愁愁更愁",但不妨"今朝有酒今朝醉,明日愁来明日愁"。有酒盈樽,一醉方休,虽有几分玩世不恭,却也风流洒脱;虽透着些许失意无奈,却也豁达释怀。毕竟历史上又有多少人能像曹操那样独步天下、挥斥方遒?多数人只能在理想与现实的差距中蹉跎岁月、游戏人间,就像陆游自嘲的那样:

> 少读诗书陋汉唐,暮年身世寄农桑。
> 骑驴两脚欲到地,爱酒一樽常在旁。
> 老去形容虽变改,醉来意气尚轩昂。
> 太行王屋何由动,堪笑愚公不自量。

对于陶渊明而言,饮酒不是消极避世,而是人生智慧,是看透尘世的会意和笃定,正如他在《饮酒》开篇所写:

> 衰荣无定在,彼此更共之。
> 邵生瓜田中,宁似东陵时!
> 寒暑有代谢,人道每如兹。
> 达人解其会,逝将不复疑。
> 忽与一樽酒,日夕欢相持。

[元]钱选《归去来辞图》

游走于醉与醒的边缘,你会发现自己活在一个颠倒的人世间,就像陶渊明诗中所说的"一士常独醉,一夫终年醒。醒醉还相笑,发言各不领"。醒的人笑醉的人醉了,醉的人认为只有自己醒着,醒醒醉醉,醉醉醒醒,谁又能说得明白,就像庄周梦蝶一样,到底谁真的在梦中?《三国演义》告诉我们,在不在梦中,绝不是文人的无事自扰,而是关乎性命的大事:

> 操恐人暗中谋害己身,常分付左右:"吾梦中好杀人;凡吾睡着,汝等切勿近前。"一日,昼寝帐中,落被于地,一近侍慌取覆盖。操跃起拔剑斩之,复上床睡。半晌而起,佯惊问:"何人杀吾近侍?"众以实对。操痛哭,命厚葬之。人皆以为操果梦中杀人。惟修知其意,临葬时指而叹曰:"丞相非在梦中,君乃在梦中耳!"

这是一个梦中梦的故事,读之令人唏嘘。既然活在一个非醉非醒、亦梦亦真的世界,那不妨学苏轼"纵一苇之所如,凌万顷之茫然",体验一把"人生如梦,一樽还酹江月"的潇洒。

砧
——白帝城高急暮砧

砧，是古人用来捣衣的石器。古代贵族人家把浸泡过的衣服放在石砧上，然后三两人拿着木杵，在衣服上敲打，这样的场景叫捣练，和现在一些少数民族仍然沿用的舂米的形式差不多。唐代张萱的

[唐]张萱《捣练图》（局部）

《捣练图》便是宫廷女子洗衣的真实写照，两女子拿着与人齐高的木杵，上下使力，另外两女子伫立在旁，等着轮番上阵，画风虽然平实，却透着一股浓浓的生活恬趣。贵族人家洗衣服如此，平民百姓却不是这样。阔大平整的石方不易取材，多人配合的条件也难以实现，他们只能因地制宜，或于水井边的青苔条凳，或于溪流旁的斑褐残石，挥舞着木质锥棍，"笃！笃！"地棒打着团团的布服。

在古诗里面，砧是冰冷和黯淡的，从与它搭配的字可见一斑：清砧、寒砧、霜砧、暮砧、夜砧等。在诗人的印象中，似乎捣砧声都发生在秋天，而且是夜幕时分，如"江城下枫叶，淮上闻秋砧"、"城头五通鼓，窗外万家砧"、"晓吹员管随落花，夜捣戎衣向明月"、"清声不远行人去，一世荒城伴夜砧"。据说戍边的男子每年天气转寒之前能回家

取衣,等探亲结束,即将远征之时,家里的女子会把准备好的衣服拿出来,用木盆端到河里清洗,于是就出现"长安一片月,万户捣衣声"、"清霜数行雁,明月万家砧"的盛大场面。

场面虽然盛大,却充盈着断舍离的悲凉气氛。谁也不知道分别后,明年是否还能团圆。即使终能团圆,但征途漫漫,归期遥遥,相思绵绵。砧声与故乡亲人的生活画面紧紧地融合在一起,铭刻在诗人的记忆中,所以,每当他们听到这个熟悉的声音之时,家乡的情结便会被唤醒,思念如泉水喷涌而出,如赵崇森的《砧》里所写:

> 谁家夜月响秋砧,一段清愁不自禁。
> 况是客中欹枕听,声声捣碎故乡心。

所有与砧有关的诗词,我最喜欢杜甫的《秋兴八首·其一》:

> 玉露凋伤枫树林,巫山巫峡气萧森。
> 江间波浪兼天涌,塞上风云接地阴。
> 丛菊两开他日泪,孤舟一系故园心。
> 寒衣处处催刀尺,白帝城高急暮砧。

白帝城是刘备托孤的地方,对杜甫而言,是伤心地,因为它见证了蜀国的兴衰转折,预征了诸葛亮"出师未捷身先死"的惨淡结局。此时的杜甫为逃避战乱而寄居夔州,当夜幕拉开,如血的夕阳没入山间,萧森的山气逐渐郁结,一阵阵急促而阴沉的捣砧,像敌军逼近的脚步声,又像强盗包抄的砸门声,对于黑暗中孤立无援、如惊弓之鸟的逃难者而言,就像一道道让人心里发紧的催命符。

[明] 陈洪绶《月下捣衣图》

山河破碎、背井离乡、暮年多病、壮志难酬,多重境遇叠加,可以想象当时杜甫心境有多凄凉,所以像"玉露""枫树林"这么美好的东西,在他眼里却透着"凋伤"的惋惜。杜甫对一切事物都非常敏感,总能找到适合心情的视角,如"感时花溅泪,恨别鸟惊心",再如"风急天高猿啸哀,渚清沙白鸟飞回",很多看上去纯美的东西,到了他的笔下却多了一层伤心的底色。其实,与其说杜甫把美的东西写"伤"了,还不如说他把"伤"的东西写美了。杜甫的诗虽然"忧愁"较多,却总能把读者带入一种天地同悲、万物同心的生动意境。

如今的白帝城,估计已经听不到"急暮砧"了,如果有机会去那儿,我会在傍晚时分,静静地坐在河边,想象着在落日余晖中,一群浣女边说着家常,边捣着衣服,其乐融融的场面。天色渐渐暗下来,万家灯火星星亮起,即便暮砧声响起,也不会催生忧愁和焦虑,却会让我沐浴在一片温馨的生活气息中。

烛——何当共剪西窗烛

如今,蜡烛的主要功能不是用来照明,而是用来烘托浪漫的气氛。烛光晚餐,能给你的约会带来温馨惬意的情调,在忽明忽暗的烛光下,你有机会领略到伴侣不同寻常的风情。在烛光之下,那些你平时或许会察觉到的美中不足,似乎都隐藏了起来,如皮肤黑、脸庞宽、头发还有些凌乱;而对方刻意装扮的地方,却自然地映入眼帘,鲜艳的唇红、粉白的腮帮、长睫毛下明眸善睐的眼神。更难得的是,伴侣的轮廓变得朦胧婆娑,身影更加楚楚动人,整体视觉观感改善了不少。烛光具有滤镜的功效,古人在这方面的体验,比今人细腻和深切得多,有温庭筠的《菩萨蛮》为证:

> 小山重叠金明灭,鬓云欲度香腮雪。
> 懒起画蛾眉,弄妆梳洗迟。
> 照花前后镜,花面交相映。
> 新帖绣罗襦,双双金鹧鸪。

词中第一句"小山重叠金明灭"有多种理解。有的认为小山是指眉毛,小山眉是古代女子常见的眉形,如卢绛在《梦白衣妇人歌词》写道:"眉黛小山攒,芭蕉生暮寒。"可是小山重叠不好解释,因为眉毛画重了的画面实在令人惊悚。也有人认为,小山是指床榻前屏风的图案,金明

[唐]周昉《簪花仕女图》(局部)

灭是晨光照在屏风上金光闪闪,可是下句"鬓云欲度香腮雪",从屏风到鬓云,观察对象跨度有点大,显得突兀。

我认为,小山重叠是指女子头上的发髻,金明灭则指发髻上的金银饰物在烛光下闪闪发光。辛弃疾在《水龙吟·登建康赏心亭》里写道:"遥岑远目,献愁供恨,玉簪螺髻。"可见,小山与发髻是可以互喻的。所以,对"小山重叠金明灭"的正确理解或许应是这样的:女子夜寝初醒,门窗皆掩,户外的晨光无法直接照射进来,梳妆时,固定发髻的饰物在跳动的烛光下忽明忽灭,映射光芒。

温庭筠这首词犹如一组镜头。虽然当时没有摄影机,但是文学手法和拍摄手法是相通的,因为二者皆源于创作者眼睛的观察和艺术上的加工。词人选择了暧昧的色调,接下来的描写都延续了这一画风。女子翻身,散落的鬓发拂过洁白的脸颊,玉体的香味散发到空气中,于是就有了"鬓云欲度香腮雪"。

从发髻到发鬓,特写镜头的切换十分流畅。紧接着,镜头拉远,女子全景入镜,起床、画眉、梳洗、弄妆、照镜、穿衣。最后,镜头再次拉近,特写落在衣服的图案上。从"金明灭"到"金鹧鸪",视线欲明欲暗,色调始终如一,使人想入非非,有一种难以言状的亲近感。

与温庭筠柔婉风格相近的李商隐,也在诗中描写了烛光的晕染下闺房内幻境般的景象。"蜡照半笼金翡翠,麝熏微度绣芙蓉。"诗人站在蜡烛前,以烛焰为视域的中心,被褥上的翡翠鸟好像笼罩在昏黄的光晕下,那飘忽不定的光影,像熏炉里飘出的麝香,阵阵侵入芙蓉帐中。在华丽而朦胧的意境下,虽然没有人物登场,读者却可以联想到闺房的主人是何等楚楚动人,远方思念她的人又是何等牵肠挂肚。

李商隐题写蜡烛的诗句很多,最有名的便是那句"春蚕到死丝方尽,蜡炬成灰泪始干"。本来是相思的哭诉,却被无心演绎成奉献的赞歌。对我而言,最经典的还是那首《夜雨寄北》:

> 君问归期未有期,巴山夜雨涨秋池。
> 何当共剪西窗烛,却话巴山夜雨时。

这首诗辞章虽简,却显得情真意浓。在秋雨之夜,诗人想起了与妻子西窗剪烛的温馨一幕,心里除了思念,还是思念。面对空白的信笺,他虽有千言万语,却始终难以落笔,能够对话和聊以排遣的只有眼前的巴山夜雨。

剪烛,就是把已烧焦的烛芯剪掉,让烛火烧得更亮。如此平常的一件事情,他却经常与妻子共同完成,说明他们经常在烛前甜言蜜语、缠绵悱恻,蜡烛是他们情义浓浓和欢乐时光的无言见证。

李商隐对周边的事物十分敏感,总能用独特的视角来捕捉特殊的情愫。这一点与杜甫有点像,不过杜甫总会在诗中用家国情怀和人生感悟来升华和统摄情感,如领略了"荡胸生层云,决眦入归鸟"之后,便紧接着道出"会当凌绝顶,一览众山小";感观被"映阶碧草自春色,隔叶黄鹂空好音"的声色吸引,意念却逃不出"出师未捷身先死,长使英雄泪满襟"的怅惋。李商隐似乎只在乎情与境的感受,他写诗,就是倾尽所能,用文字准确地记录心灵的一瞬,如此而已。读《锦瑟》一诗,更有这般体会:

> 锦瑟无端五十弦,一弦一柱思华年。
> 庄生晓梦迷蝴蝶,望帝春心托杜鹃。
> 沧海月明珠有泪,蓝田日暖玉生烟。
> 此情可待成追忆,只是当时已惘然。

我们无法一字一句地理解此诗的含义,只知道诗人在满怀深情地追忆青春年华。沧海月明和蓝田日暖的画面很美、很梦幻,我们却无从得知它们象征着什么,也无从得知珍珠如何垂泪,玉石如何生烟。也许这些都是诗人"思华年"过程中的心灵映像,他用印象派画家的笔法对生活中曾经出现的一幕进行了创造,试图再现当时的美好情境。彼情彼境,如幻梦泡影,如露亦如电,倏然转逝、不可驻留;又像水中月、镜中花,离得越近,越不真实,当下发生时只能惘然以对,待记忆模糊时才觉得回味无穷。

温、李都是意境高手,他们一个是导演,一个是画家,向读者展现了烛光下室内的华丽景象。然而,他们的诗色彩过于浓艳,雕琢痕迹过于明显,与韩翃的《寒食》相比,可以说是工匠与大师的差距:

> 春城无处不飞花,寒食东风御柳斜。
> 日暮汉宫传蜡烛,轻烟散入五侯家。

《寒食》在当时颇为知名,连皇帝也被圈粉,据说唐德宗点名提拔韩翃任驾部郎中、知制诰时,为了避免下官误会为另一个同名的人,特别强调了是《寒食》一诗的作者。

［宋］王希孟《千里江山图》（局部）

后人普遍把这首诗解读为对权贵的暗讽，认为寒食禁火，而皇宫侯门却搞例外，似乎是作者对"只许州官放火，不许百姓点灯"的委婉控诉。

我们读古人作品时，总喜欢用自己的知解力，来揣测作者的立意，似乎他们都理所当然地拥有当代的精神。如《红楼梦》是对封建没落的宣判，《西游记》是关于自由平等的抗争。其实在唐朝，寒食节这天本就有宫中钻薪火燃烛以散予贵戚之臣的惯例，唐《辇下岁时记》记述："清明日取榆柳之火以赐近臣。"所以在我看来，此诗并非暗讽，反而是对皇恩浩荡的歌颂。

"春城无处不飞花"，写长安城白天的春景。春城并非长安的别名，古人作诗有把春天里的京城唤作春城的习惯，如王维在《待储光羲不至》中写道："晚钟鸣上苑，疏雨过春城。"而下一句"寒食东风御柳斜"既是前一句写景的补充，也是时间、地点、天气的详细交代。"寒食"，无疑指时间;"东风",诗云"东风无力百花残",说明是日惠风和畅、清风拂面;"御柳斜",既点明了地点为宫殿之内,又回应了东风的温和,还暗示上一句所提飞花为柳絮。前两句诗短短十四个字,包含了如此多的信息,可谓字字珠玑。

与前两句相比,后两句则更是神来之笔。"日暮汉宫传蜡烛",试想一下这是什么样的画面:日暮下的春城,送走了五彩斑斓,变得一片黯淡。突然,暗夜中出现一个光点,宫廷里点亮了头盏蜡烛。紧接着,光点越来越多,还动了起来,像是一条游动的火龙,原来是宫女和太监们在秉烛快走,急着把皇帝的恩赐传递出去。诗中"传"字用得十分传神,让人想起薪火相传,也让皇恩浩荡以一种生动的形态得以显现。"轻烟散入五侯家",不正好与介子推被烟火所困,死于枯柳之下的悲惨结局形成鲜明对比吗?有意衬托了当下君王不吝其赏,臣子不惜其命,君臣相得相益的蓬勃气象。

[宋] 张择端《清明上河图》(局部)

这首诗的语言看似平淡，没有半点宏伟的修饰，内容看似写景，没有任何抒情和议论，却把对皇帝的赞美出神入化、了然无痕地融入每一个字中，也难怪唐德宗看了之后能心领神会、龙颜大悦。韩翃凭借一首诗平步青云，但同样善于作诗的孟浩然却没有那么好的运气，平日里佳作无数，却在唐玄宗面前选了一首《岁暮归南山》，就此失去了为官的机会。个人造化，有时就是难以意料。

雨
——红楼隔雨相望冷

古人远行，两物件必备：鞋和伞。

远行路上，两方面须留意：脚下的路和头上的天。

脚下的路可以估量，几多脚程，几许坎坷，会磨破多少鞋，都可以算计；而头上的天则难以预料，何时放晴，何时下雨，只能由老天爷说了算。因此，鞋是行者志在千里的装备，而伞是不测风云的预备。鞋给予了行者脚踏实地的信心，而伞则提供了不惧风雨的安心。

［宋］李迪《风雨归牧图》（局部）

其实雨给古人带来的困扰，不仅有行动上的阻碍，还有信息上的阻隔。当双向的沟通受阻后，单向的思念就变得更加浓郁而难以阻挡。读李商隐的《春雨》，感受到的不只是雨的冰冷和瓢泼，还有雨对诗人天罗地网的包围与封锁：

怅卧新春白袷衣，白门寥落意多违。
红楼隔雨相望冷，珠箔飘灯独自归。
远路应悲春晼晚，残宵犹得梦依稀。

> 玉珰缄札何由达,万里云罗一雁飞。

春雨并没有给诗人带来像"随风潜入夜,润物细无声"那般的喜悦,而是催生了冷艳孤独的失落感。在诗人黑白凝固的世界里,只有烟雨中的红楼留下一点彩色的温润,朦胧中的飘灯闪烁着一丝灵动的活泼。但不知为何,这些景致在雨的笼罩下,让原本的黑白显得更加寂寥,原本的凝固显得更加僵硬。或许此刻,诗人能自己做主的唯有放飞想念的思绪,与高入云天的孤雁在万里长空下相伴相行。

雨给李商隐以一种刻骨铭心的无力感,却在杨万里处有一种撒娇玩闹的俏皮感,他的那首《小雨》是那么清新舒朗:

> 雨来细细复疏疏,纵不能多不肯无。
> 似妒诗人山入眼,千峰故隔一帘珠。

把雨写成与山峰争宠的角色,这样的视角确实很不一般。我忽然想起了黄巢那首著名的《题菊花》:"飒飒西风满院栽,蕊寒香冷蝶难来。他年我若为青帝,报与桃花一处开。"或许两首诗都写出了诗人的自作多情:一首无端地

[元] 庄麟《翠雨轩图》

嗔怪小雨的嫉妒，一首无端地怜悯菊花被旁落。但前者保持着宽宥包容的心态，小雨妆成了晶莹剔透的帘珠；后者却摆出了主宰沧桑的姿态，不知与桃花开在一处的菊花是否还能像往常一样，尽情地含华吐芬？

所有关于雨的诗词中，我最喜欢南宋词人蒋捷的《虞美人·听雨》。喜欢的原因不是雨的意境被塑造得有多美，而是他竟然能够借听雨的三个场景，富有画面感地概括人生的三个阶段。这三个场景可以被原汁原味地搬上屏幕，作为传记电影的经典片头，而且不需要导演太多的发挥，只要选对镜头的色调即可：

> 少年听雨歌楼上，红烛昏罗帐。
> 壮年听雨客舟中，江阔云低，断雁叫西风。
> 而今听雨僧庐下，鬓已星星也。
> 悲欢离合总无情，一任阶前，点滴到天明。

歌楼罗帐是少年交际的舞台，客舟江面是壮年旅途的停靠，僧庐石阶是老年独处的归宿。这种人生三段式的划分，让人联想到古希腊神话中的斯芬克斯之谜：什么东西早晨用四条腿走路，中午用两条腿走路，晚上用三条腿走路？这个历史上的著名谜语，其谜面之显白、谜底之简单，有点让人匪夷所思。我更愿意把这谜语视为隐喻，而不是从人实际走路的姿势去理解谜面与谜底的关系。

［明］陈洪绶《听雨僧庐图》（局部）

其实,腿的数量和走路的姿势不过是人感知世界和作用于世界的不同形态罢了。人与外界的交互影响,无外乎通过佛家所说的"六根"——眼耳鼻舌身意。在人生的不同阶段,六根的功能发挥是不同的:少年阶段追求感官欲的满足,所以沉浸在歌舞酒肉的世界里;壮年阶段将个人意志的外化和理想的实现看得更重,所以追逐权位与功名;老年阶段则六根清净,不仅看透红尘世事,连表达的欲望都没有了。辛弃疾在《丑奴儿·书博山道中壁》中写道:

> 少年不识愁滋味,爱上层楼。
> 爱上层楼,
> 为赋新词强说愁。
> 而今识尽愁滋味,欲说还休。
> 欲说还休,
> 却道天凉好个秋。

年轻的时候靠聪明活着,自以为可以通过知解力参透一切,可以感同身受地想象愁是什么滋味,但没有切身感悟过的东西,说出来毕竟不是那个味道。年轻人喜欢登高望远,偏爱宏大叙事,自以为历史的舞台少不了自己。年老之后,才发现什么"为天地立心,为生民立命,为往圣继绝学，为万世开太平"只是一场梦而已，自己不过是匆匆过客。至于愁，就像生活的影子，与清醒相生相伴，习惯了之后，就不会再想去弄清它到底是什么东西，又缘何而生，因何而灭。

总之，愁的滋味不是语言所能表达的，所以诗人要么什么都不说，"一任阶前，点滴到天明"；要么都消融为无关要旨的絮絮叨叨，"却道天凉好个秋"。

袖
——独立小桥风满袖

"皇上，老臣已经年过六十，还要遭受如此污名陷害，何颜以见文武同僚？恳请皇上容臣辞去参知政事一职，告老还乡吧！"欧阳修俯首在地，老泪纵横，苍白的山羊胡子贴到了光泽坚冷的青砖上。

神宗皇帝气闷且无奈地瞅了欧阳修一眼，没想到甫一登基就遇上全朝最有名望的文坛领袖、作为百官之首的宰相提出辞职，这队伍以后还怎么带？神宗觉得耳朵都快听出了茧子，一上午欧阳老头不停在耳边叨叨什么道统啊、纲常啊、名声啊，自己都已经为他正名了，满朝上下都知道皇帝不相信欧阳修会与儿媳通奸，这还不够吗？本朝以来，谏官风闻言事，哪位大臣没有被指指点点过？

神宗风华正茂、胸藏乾坤，一心想振兴大宋基业，正等着老臣谋国、辅佐匡济。他虽然心里憋着气，却不好发作，只能走到欧阳修身旁，俯身扶起他的胳膊，和声劝道："爱卿的处境朕甚是明白，您就回去安心地等待结果，造谣生事的御史蒋之奇一定会受到严惩。"

欧阳修颤颤巍巍地站了起来。他知道天恩难测，也因为自己是三朝元老，皇帝才肯如此体恤，换作他人，恐早已降下雷霆之怒。他谢过圣恩，由太监搀扶着，蹒跚地退出皇宫。跟太监拱手作别后，他总算能仰头舒活筋骨。此时屋檐上空艳阳高照，广场上乳白色的玉阶丹墀耀眼炫目。

袖——独立小桥风满袖

欧阳修长长地叹了口气,向宫殿的大门走去。

回到府邸后,欧阳修退下家眷和侍从,一个人闭目躺在竹制摇椅上。回顾过往的岁月,风风雨雨一路走来,他已经练就了宠辱不惊的定力。自己当过御史,弹劾检举过他人,也没少被他人弹劾检举,宦海沉浮早已云淡风轻。然而,此次被自己的门生蒋之奇诬告与儿媳郑氏通奸,已经超出了一个官员所能承受的心理底线,如果罪名坐实,那自己失去的不只是早已看淡的高官爵位,还有一生精心呵护的名声与气节。是可忍,孰不可忍?虽然皇帝已经为自己澄清了是非,但众人势必以为我欧阳修是仰仗与皇帝的关系而获得支持,仍摆脱不了潮水般的非议。

欧阳修越想越苦闷,脑子一片混沌,迷迷糊糊进入了梦境。梦中,他来到一片广阔的池塘,水天一色,蔚蓝清透,雪白的莲花平静地散落在池面上。突然,随着碧波荡起,白莲剧烈涌动,不远处漂来一艘木筏,划桨的是一位面容姣好的妙龄少女。

一阵冷风吹来,欧阳修打了个寒战,从梦中苏醒过来,但梦境中少女的容貌却一直定格在脑海里。他记得自己29岁那年,因得罪当朝宰相被贬湖北夷陵县(在今湖北宜昌),为了排解心中苦闷,经常泛舟长江水域。一次偶然的机会,他邂逅一群女子水中采莲,其中一少女曼妙的身

[明]唐寅《采莲图》

姿和优雅的动作让他念念不忘。至今他还清晰地记得那女子伸手去采白莲时,窄口罗袖往上缩,露出雪白细腻的手腕。手腕上玲珑小巧的手镯一半藏在袖口,一半露在外面,让少女的纤纤玉手显得更富有神韵。那天回去后,他有感而发,写下了词曲《蝶恋花》:

> 越女采莲秋水畔。窄袖轻罗,暗露双金钏。
> 照影摘花花似面。芳心只共丝争乱。
> 鸂鶒滩头风浪晚。雾重烟轻,不见来时伴。
> 隐隐歌声归棹远。离愁引著江南岸。

欧阳修轻吟着词曲,从摇椅上站了起来。他在书房中一边来回踱步,一边思考:为什么当时就对那女子"窄袖轻罗"的一幕记忆尤深?或许,是因为那轻盈明快的画面感深深地打动了自己。在一贯的印象中,女子的衣袖中总是包含着深情的泪水。自己过往创作的许多诗词中,袖与

泪也总是影随形,如《千秋岁》:"罗衫满袖,尽是忆伊泪。"再如那首饱受非议的《生查子·元夕》:

> 去年元夜时,花市灯如昼。
> 月上柳梢头,人约黄昏后。
> 今年元夜时,月与灯依旧。
> 不见去年人,泪湿春衫袖。

"凭什么指责老夫的词轻佻浪荡!"欧阳修愤愤不平地自言自语,"为什么在唐朝,韦端己可以'骑马倚斜桥,满楼红袖招',刘梦得可笑侃'司空见惯浑闲事,断尽苏州刺史肠',白乐天更把'樱桃樊素口,杨柳小蛮腰'当作炫耀的资本,到了本朝,写几句闲情艳丽的诗词,就那么容易招人口舌?如今为官要保证万无一失,非得伪装出道貌岸然、一本正经的模样,容不得半点本性的释放和个性的张扬吗?"

欧阳修想起了自己二十多年前遭遇的另一桩诬陷案,当时他供职翰林院,人微权轻,却因支持范仲淹变法,得罪了当朝保守派。"庆历新政"失败后,政敌竟然诬告他与姐姐之继女张氏通奸,而且找来了他创作的《望江南》作为证据:

江南柳,叶小未成阴。人为丝轻那忍折,莺嫌枝嫩不胜吟。留著待春深。

十四五,闲抱琵琶寻。阶上簸钱阶下走,恁时相见早留心。何况到如今。

"这些凡夫俗子岂能感知和发现生活中的美?"欧阳修摇头苦笑。回顾自己一生所写之艳词,或写实,或写虚;或触景生情,记录下美好一瞬,或驰思畅想,排解胸中苦闷;或酒后信手拈来,用作弹唱助兴,或深夜推敲苦吟,视为佳作典范。这首《望江南》就像那首《蝶恋花》一样,不过是生活中某个动情瞬间下的即兴之作,没想到竟会被恶

[宋]李嵩《月下观潮图》

毒地解读为对张氏的真情表白？说什么当年之所以接纳姐姐和张氏的投奔，是因为张氏长得漂亮，正所谓"恁时相见早留心"，简直是无稽之谈！

欧阳修坐回摇椅，仰天长长叹了口气。他心想：不管是二十多年前的那次诬陷还是当下这一次，政敌都达到了目的。两次他们都找来了与自己最亲近的人来搬弄是非，上次诱逼张氏，此次又策反蒋之奇。此等男女之事，只要有亲近的人谣传，哪怕拿不出确凿的证据，也足以混淆视听。虽然最终能洗脱罪名，却免不了惹得一身腥。自己一生虽致力于简政安民、还淳返朴，却没想到官场风气依旧江河日下，争斗越来越没底线，连遣兴自娱的艳词都可被拿来作为道德败坏的证据。世间若无包容宽宥之心，人人都会成为攻击谩骂之对象，哪怕身居高位的宰相也不例外。

[五代] 顾闳中《韩熙载夜宴图》（局部）

"要么压抑本性,继续在朝堂上长袖善舞;要么不惧翠袖红裙的纷扰,做回有血有肉,敢爱敢恨的自己。"欧阳修思索间,窗外西风乍起,此情此景多么熟悉。他轻吟起八年前所作《秋声赋》:"嗟夫!草木无情,有时飘零。人为动物,惟物之灵;百忧感其心,万事劳其形;有动于中,必摇其精。而况思其力之所不及,忧其智之所不能。"欧阳修毅然起身,走到书案前,提笔在奏折上写下"辞呈"二字……

鸿

鸿飞那复计东西

嘉祐元年（公元1056年），未满二十岁的苏轼与弟弟苏辙赴京赶考，行至河南渑池西边的二陵（今河南崤山），骑的马累倒了。在崎岖偏僻的山道上，他们只能临时找来一头驴代替脚力。这驴比起马来，腿脚很不利索，不但行进速度慢，还边走边叫，把苏家兄弟俩折磨得困顿不堪。好不容易行至渑池县，他们终于可以在奉闲寺的僧房住下，寺院的老僧热情款待了两位疲惫的客人。第二天，苏轼和苏辙养好精神，继续赶路，与老僧告别之际，应其所求，在寺院的墙壁上各自酬题了一首诗。

［元］赵孟頫《东坡小像》

兄弟俩本以为渑池只是人生中偶然的停靠，却没想到与它的缘分并未结束。第二年，苏辙被任命为渑池主簿，但由于紧接着就考中进士，因此并未到任。五年后，苏轼赴陕西凤翔为官，苏辙自开封一路送他到郑州，与兄长道别后想起他此行必途经渑池，便写了一首《怀渑池寄子瞻兄》以寄思：

> 相携话别郑原上，共道长途怕雪泥。
> 归骑还寻大梁陌，行人已渡古崤西。
> 曾为县吏民知否？旧宿僧房壁共题。
> 遥想独游佳味少，无言骓马但鸣嘶。

苏轼到了凤翔，收到苏辙的信后，写了和诗回寄予他：

> 人生到处知何似，应似飞鸿踏雪泥。
> 泥上偶然留指爪，鸿飞那复计东西。
> 老僧已死成新塔，坏壁无由见旧题。
> 往日崎岖还记否，路长人困蹇驴嘶。

苏轼重游奉闲寺，当年接待他们的老僧已经圆寂，安置舍利的僧塔是新落成的，与不远处残旧的寺院形成鲜明对比。苏轼想起与弟弟题诗旧事，走进寺院一看，墙壁的白粉已经脱落，斑驳的青砖裸露在外头，几年前的墨迹已经荡然无存。他努力回想当年题写的内容，可是一点儿印象都没有，只记得那时一心赶考，对留诗题字一类的风雅之事并不在意。

苏轼心中陡增几分惆怅,虽然现在已取得功名,且获得外任的机会,凤翔也算是不错的去处,但毕竟远离曾经朝夕相处的家人,有太多难以割舍的情愫。此次故地重游,又遇见如此物是人非的景象,如何不叫人伤感?他环顾四周,试图寻找能勾起回忆的物件,恰巧一只鸿雁拍打着翅膀,落在院前满是积雪的空地上,它警惕地东张西望,在雪泥上疾步而行。苏轼正看得出神,这只鸿雁倏然间又扑腾着翅膀飞走了,身影渐行渐远,消失在天际。院前又恢复一片寂寥,就像什么也没发生似的,只是雪泥上多出一排爪印。

鸿雁给了苏轼瞬间的感悟,人生难道不正如这飞鸿的踪迹一般,走走停停,停的时候偶留印记,走的时候不问西东?苏轼的诗本只是有感而发,没想到一语成谶,他日后的经历就像那诗中的飞鸿一样,飘忽不定,而且越飘越远:密州、湖州、杭州、黄州、惠州、儋州。

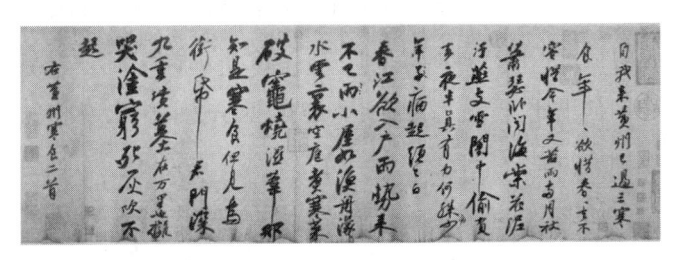

[宋]苏轼《寒食帖》

在水陆交通并不发达的古代，官员外放有时就是体面的发配，实际生活要比今人想象的凄苦得多。早在唐朝就有上州、中州和下州的概念。像杭州、苏州等江南富庶之地当属上州；经济条件不算太差、离京城不算太远的地方便是中州，如密州、湖州；地处偏远、人烟稀少、民风彪悍的自然归为下州，如惠州、儋州。儋州就是现在的海南岛，被视为天涯海角，在当时算得上条件最艰苦恶劣的流放之地，多少人在乘船渡海的时候葬身鱼腹。即使安全到了岛上，当地蚊虫猖獗、瘴疠流行，能否生存下去，也是一大考验。

苏轼之所以被流放到儋州，据说与他字"子瞻"有关，"瞻"与"儋"形似，所以干脆就让"子瞻"去"儋州"消度晚年好了。这恶作剧的幕后主使，便是苏轼曾经的好友章惇。此时，身居朝廷高位的章惇已经忘记了年少时与苏轼结伴游玩的场景，而苏轼却历历在目。当年他们外游，行至独木桥前，桥下是万丈深渊，苏轼止步不前，而章惇却快步走到对面的岩石旁信手题下"章惇、苏轼来游"，之后又从容地走了回来。苏轼与他说道：老兄以后可以杀人。章惇问何出此言。苏轼笑说：你连自己的命都不顾，更何况是别人的。

如果因此盛赞苏轼慧眼识人，未免过于牵强。苏轼虽然笑讽了章惇一番，还是心无芥蒂地与其相处。他之所以能说出这样的话,是史书读多了之后一种本能的直觉。"易牙烹子"的故事足以训诫后人,就像纪晓岚在《阅微草堂笔记》所言"事出反常必有妖",对自己和家人都能下狠心的人,自然对任何人都可以下毒手。我一直纳闷,为何齐桓公这等天资卓越的人物会不懂得这个道理,对心狠手辣的易牙竟毫无防范?后来逐渐明白,他不是不懂,而是不愿懂。他可能真的认为手握大权,就可以操控一切,也不用担心会养虎为患。

在海南岛度过了整整三年的流放岁月,年过六十的苏轼遇赦北还,云淡风轻的他并没有像刘禹锡那样摆出"前度刘郎今又来"的凯旋姿态,而是充盈着乐安天命的宽容与豁达。北渡那天晚上,他写了一首诗:

参横斗转欲三更,苦雨终风也解晴。
云散月明谁点缀?天容海色本澄清。
空余鲁叟乘桴意,粗识轩辕奏乐声。
九死南荒吾不恨,兹游奇绝冠平生。

孔子曰:"五十而知天命,六十而耳顺。"耳顺者,心与耳相从也。或许在古代,人到六十已老眼昏花,不再受形色世界太多的感官刺激,耳朵成了获取外界信息的主要渠

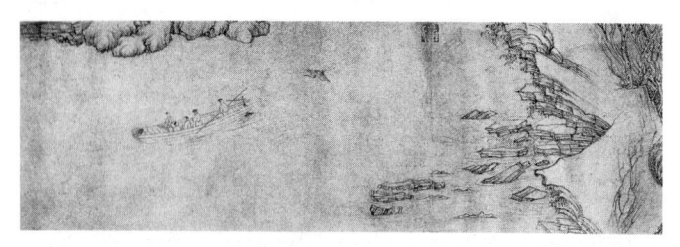

[宋]乔仲常《后赤壁赋图》(局部)

道,所以耳顺意味着内心与外界的协调统一。知天命属意识范畴,是人生智慧;耳顺则属意志范畴,是人生境界。从知天命到顺天命,从意识觉醒到意志自由的升华,还需要十年的涵养和沉淀。

当年,苏轼泛舟于赤壁之下,慨叹"人生如梦,一樽还酹江月"的时候,虽然也能参透"浪淘尽、千古风流人物"的时势无常,却还是难以消解韶华易逝、壮志未酬的缺憾,只好寄情于大自然,以"寄蜉蝣于天地"的洒脱,来抗争尘世的缧绁。如今,他站在随着海浪起伏不定的船头,看到暴风骤雨之后云散月明、天澄海清的景象,感觉自己瞬间化身为一只鸿雁,自由地飞翔在海天之间,身后的岛屿和眼前的大陆不是起点,也不是归宿,因为对鸿雁而言,想飞就飞,想停就停。此心安处,便是吾乡!

气
——
腹有诗书气自华

在中国传统文化中,有些东西理解起来十分晦涩,难以跳出特定的文化语境,用普识性的语言进行准确定义,如道、阴、阳、气、神、品等等。一般而言,我们认识事物的途径有二:一是情境化,二是概念化。何谓情境化?通俗地讲,就是具体事物具体认识。如在婴儿眼中,所谓的灯,就是父母对他启蒙时,手指着的那团亮光。或许在相当长一段时间内,他心目中的灯都是独一无二的,可能是高挂喜庆的大红灯笼,也可能是精巧别致的走马转灯,抑或是玲珑剔透的水晶吊灯。只有当父母在不同场合都给予相同概念的灌输后,婴儿才会慢慢意识到不同灯的共同特征,从而具备对各式灯的识别能力。

概念化是认知理性的一种体现,人们在思维活动中,把不同事物的共同特征从杂乱的表现形式中抽象出来,便是概念化的过程。如书桌、餐桌、酒桌等,虽然形状五花八门,却有着由桌腿和桌面共同组成,供人们学习、生活、置放物品的共同特征,所以可以统称为桌子。从情境化到概念化,是从感性认知到理性认知的飞跃,它帮助人们窥透事物的本质,让思维朝着更加复杂、高深、精准、严密的方向发展。然而,并不是对所有事物的认知都能轻而易举完成概念化,如"气",这看似简单的物理现象,却搞得很多文化人云里雾里、垂头丧气。

粗缯大布裹生涯，腹有诗书气自华。

厌伴老儒烹瓠叶，强随举子踏槐花。

囊空不办寻春马，眼乱行看择婿车。

得意犹堪夸世俗，诏黄新湿字如鸦。

苏轼的这首《和董传留别》让我们见识了"气"的另一种形态：无形、无色、无味、无触感，但可感知、可辨识，还能引发共同的体验。诗中"气自华"绝不是指董传的呼吸吐气，而是其由内而外散发的气质。可是，气质又为何物？同样让我们困惑的还有气场、气势、气概等，似乎人的许多特征都可用与"气"相关的尺度来衡量。或许古人真的相信现实中存在许多肉眼看不到的精微物质，有如现在所谓的分子或者原子。这些精微物质的聚合或离散能够改变物质的形态，就像《黄帝内经》所云："气始而生化，气散而有形，气布而蕃育，气终而象变。"

人的欲望如若不能自然舒展，便会曲折生长，求知欲亦是如此。所以当一些现象无法用科学的知识解释时，联想和想象就扮演起答疑解惑的角色。古代很多知识便是建立在一半科学观察、一半主观臆想之上的，如阴阳五行、风水堪舆、八卦象数等。这种理性与感性融合的混沌状态，与我们崇尚阴阳调和的文化土壤十分契合，所以古代建立起来的知识体系具有相当的模糊性,这种模糊性给了文人广大的自由空间。文天祥在其《正气歌》中,总结了七种气——水气、土气、日气、火气、米气、人气、秽气,而这七种气终究敌不过人的浩然正气。

> 天地有正气,杂然赋流形。
> 下则为河岳,上则为日星。
> 于人曰浩然,沛乎塞苍冥。
> ············

因正气而假想出七种气,这样的安排深受大家的喜爱。给"气"赋予人格化特征,注入褒贬的感情色彩,是古人惯用的文学手法。只是时间长了,我们会慢慢忘记,这些与"气"相关的物质并非真实的客观存在,而是个人的主观臆断,如生活中"英雄气""江湖气""书卷气""脂粉气""市井气"等词语经常被不假思索地从人们嘴里说出,以至于我们想当然地认为"物以类聚,人以群分"的背后是同味相投、同气相聚的逻辑在起作用。

美国有部影片叫《闻香识女人》,片中主人公可以通过女人身上的香水味判断她的品味与性格。韩国也有部电影叫《寄生虫》,影片中的富人总能闻到身处社会底层的司机身上异样的臭味,而司机一家人却浑然不觉。个人的地位、身份、职业、学识、品行等是否真能透过气味传递出来,这或许是个十分复杂的科学命题。然而,无论如何,"以味取人"和"以貌取人"一样,都是自欺欺人,因为这套说辞的本质是高低贵贱的身份歧视。书卷气难道就一定比市侩气高贵吗?有人就不同意,明代诗人曹学佺有联为证:"仗义每从屠狗辈,负心多是读书人。"

自然界的"气"要比文化界的易懂许多,虽然经过诗意的情境化后,未必可以通过眼睛直接观察到,却能唤起读者内心的共同体验,如杜牧的《长安秋望》:

楼倚霜树外,
镜天无一毫。
南山与秋色,
气势两相高。

诗人在一个秋高气爽的清晨醒来,打开窗户,一股清新

[宋]李成《晴峦萧寺图》

凉爽的空气扑面而来。不远处,数株树木的枝杈上覆盖着一层薄薄的秋霜,没有绿叶的装点,这些秃木显得愈加孤傲挺拔。树木之外,是冷峻高耸的城楼,其檐牙外廓清锐,砖墙色泽鲜亮。城楼之上,是明净澄远的天空,不挂一丝云翳,唯有空洞洞的蔚蓝。巍峨的南山隔城相望,静默不语。望着这长安的秋色,诗人心旷神怡,本想深吸一口气,引吭高歌,却不忍打破荒古的宁静。当他舒缓地吐出胸中之气时,有一种纵横驰骋、凌空展翅的畅快与豪壮。

同样在深秋季节,同样是遥望南山,陶渊明眼中的气却与杜牧有着天壤之别:

> 结庐在人境,而无车马喧。
> 问君何能尔?心远地自偏。
> 采菊东篱下,悠然见南山。
> 山气日夕佳,飞鸟相与还。
> 此中有真意,欲辨已忘言。

暮霭中的青山、苍柏、野菊、飞鸟,以及远山的雾气缭绕与天际的落日余晖相互映衬,构成了诗人心目中静谧祥和的理想画面。与杜牧遥望长安城的凌云豪气相比,陶渊明独自享受着天地悠悠的逍遥之气。陶渊明被视为"隐逸诗人之宗""田园诗派之鼻祖",其"不为五斗米折腰"的气节为后世称道。然而,他选择远离宦海、归隐山林,并非心血来潮,而是经历了长期的心理斗争,就像他《饮酒·其十》所写:

> 在昔曾远游,直至东海隅。
> 道路迥且长,风波阻中涂。
> 此行谁使然?似为饥所驱。
> 倾身营一饱,少许便有余。
> 恐此非名计,息驾归闲居。

陶渊明回忆昔时远游东海,路途遥远,历经困难险阻后幡然醒悟:何必如此劳累奔波,人活着不就为了有口饭吃嘛?那就让自己停止赶路,享受那悠闲而适足的生活吧。陶渊明一生并未到过东海,他只不过借远游比喻人生,来阐释庄子《逍遥游》中"鹪鹩巢于深林,不过一枝;偃鼠饮河,不过满腹"的道理。在现代人眼里,如果说陶渊明是"佛系""躺平"一族,那么庄子则是无视"眼前的苟且",只有"诗和远方"了。

《庄子·山木》记载着一则故事:庄子身穿打着补丁的衣服从魏王身边走过,魏王问:"先生为何如此困顿(原文：何先生之惫邪）？"庄子则像孔乙己纠结于"窃"不是"偷"一样，跟魏王理论起自己是"贫"不是"惫"，也即自己是贫穷而非困顿。他接着解释道：自己贫穷是因为生不逢时。猿猴生活在树木高大的丛林里，手脚灵活、自由自在、称王称霸；而到了荆棘灌木中，则变得左顾右盼、惶恐不安、谨小慎微。

［明］朱耷《鱼》

这并不是因为它的本领变小了，而是环境发生了变化。所以，自己身处乱世虽然贫穷，总比商朝的比干位极人臣却遭剖心戮刑的境遇好得多。我很好奇像庄子这种穷得理直气壮又满口智慧的人，如果活在当下，能否被人们所理解和包容？

　　贫穷并没有限制庄子的想象力，他说出来的人和物都非同凡响，不知其几千里的鲲鹏不过尔尔，能御风而行的列子也不足挂齿，"御六气之辩，以游无穷"才算真有本事。《逍遥游》载：

> 故夫知效一官,行比一乡,德合一君而征一国者,其自视也,亦若此矣。而宋荣子犹然笑之。且举世而誉之而不加劝,举世而非之而不加沮,定乎内外之分,辩乎荣辱之境,斯已矣。彼其于世,未数数然也。虽然,犹有未树也。夫列子御风而行,泠然善也,旬有五日而后反;彼于致福者,未数数然也。此虽免乎行,犹有所待者也。若夫乘天地之正,而御六气之辩,以游无穷者,彼且恶乎待哉?故曰:至人无己,神人无功,圣人无名。

文中列举了四种境界:一是"知效一官,行比一乡,德合一君而征一国",这是儒家"外王"的境界;二是"举世而誉之而不加劝,举世而非之而不加沮,定乎内外之分,辩乎荣辱之境",这是儒家"内圣"的境界;三是"列子御风而行",已是远高于儒生、脱离凡胎俗骨的境界,但还要受风的制约;四是能驾驭阴、阳、风、雨、晦、明六种气,不受限制、行动自如、遨游无穷的最高境界。

见识了物质贫穷的庄子却有如此大的口气,当可以想象他是一个集才气、骨气、傲气、正气、仙气于一身的人,希望这样的人永远不会过气。

扇

——何事秋风悲画扇

苏轼的"羽扇纶巾,谈笑间,樯橹灰飞烟灭",可谓刻画英雄人物的诗词典范。相比之下,辛弃疾的"金戈铁马,气吞万里如虎",以及李白的"赵客缦胡缨,吴钩霜雪明",虽有特征鲜明、语言传神之妙,却无正反相形、文武一统之功。想当年,周郎是何等风流独步,镇定自若地摇着羽扇,任凭纶巾随风轻轻摆动,与将士们说说笑笑,不动一刀一枪,就能指挥千军万马,决胜千里之外。

火烧赤壁发生在隆冬季节,当时曹操坚信不会刮东南风,所以采纳了庞统将战船以铁索连环相串的献计。可人

敦煌壁画《维摩诘大乘居士像》

算不如天算，偏偏遇到了会借东风的诸葛孔明。虽然演义总喜欢添油加醋，但赤壁之战的时间应该不假。我不禁纳闷：冬天里的荆州温度在零度上下，那么冷的天气，周瑜为什么还拿着羽扇，难道他能扇出热风不成？

唐、宋流传下来多幅临摹东晋画家顾恺之创作的大乘佛教居士维摩诘之画像，其神态无不闲卧方榻、手执羽扇，一副悠然自得的样子。画中的人物形象往往是现实生活的写照，可见三国魏晋时期，羽扇是多数儒生钟爱的随身物件，就像道士手里的拂尘，和尚掌中的念珠。

羽扇，一般挑选禽鸟翅膀上的长羽，通过竹签或丝线固定翎骨编排而成。其扇动的时候，翎骨上的羽线一条条松散开，空气阻力特别大，必然不能像折扇那样，在富家公子手中摇曳得分外浮荡。要把羽扇摇得省力且优雅，必须不急不躁且富有节奏，就像贵妇只有保持优美的走路姿态，才能保证发髻上的金步摇不会花枝乱颤。所以，古人手中的羽扇，除了取风纳凉之外，还是肢体和心情的调节器。无怪乎周瑜冬日里还要拿着扇子，原是为了保持冷静和清醒。

与羽扇相比，团扇的功能则略显单一。许多女子拿团扇，是为了夏天消暑，天气一转凉，就把扇子丢在一旁。有时候，看着竹篋中的弃扇，她们不由得联想到自己的命运，徒增许多感慨。如汉成帝的嫔妃班婕妤就曾以扇自怜：

新裂齐纨素,鲜洁如霜雪。
裁为合欢扇,团团似明月。
出入君怀袖,动摇微风发。
常恐秋节至,凉飚夺炎热。
弃捐箧笥中,恩情中道绝。

这位才华横溢的女子,也是东汉大儒班固的祖姑母。在钩心斗角、争宠夺爱的后宫,才华并不是加分项,比之千柔百媚,它更难以讨悦君心;比之宫心算计,它更容易暴露自己。班婕妤虽然躲过了汉成帝宠妃赵飞燕的构陷,却难以重获君王的宠爱,暮年的她冷冷清清地度过了余生。

古人对随身物件如此动情,一把扇子也能与自己的身世境遇联系在一

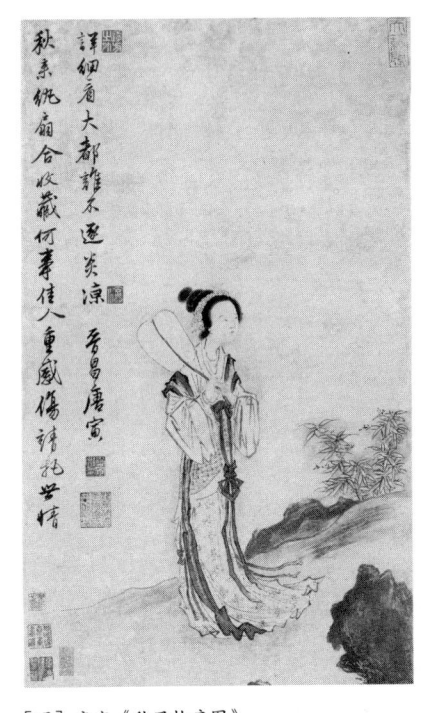

[明] 唐寅《秋风执扇图》

起,可部分归因于当时物资的匮乏,人们对物质的欲望有别于当下。如今商品琳琅满目,再加上网购的便利和物流的快捷,物质的获得越来越容易,但物欲的满足却越来越难。当我们不断追求电子产品的更新迭代,难以抑制打折促销引发的消费冲动,把花钱购物作为释放压力的一种方式之时,才发现自己越来越依赖于用物质来填满生活的空虚,而对物质本身的价值却漠不关心。

物之于人的意义有三:一是满足占有的欲望,二是实现利用的功效,三是成为情感的寄托。前二者容易理解,凡人恋于物,不外乎此两种目的。后者则令人纠结,一件物品要成为主人的情感寄托,往往也有可用之处,却不是用在该用的地方,如杜牧的《秋夕》写道:

银烛秋光冷画屏,轻罗小扇扑流萤。
天阶夜色凉如水,坐看牵牛织女星。

在秋冷色寒的夜晚,少妇轻罗小扇,当然不是为了降热祛暑,也不是为了冷静沉思,而是因为她舍不得万物生长、繁华喧闹的盛夏,甚至留恋那热气蒸腾下蠢蠢的躁动。流萤是夏天的尾巴,根本留不住,秋天如期而至,也宣告了小扇的刑期,该是将其束之高阁的时候了。从与主人形影不

离,到被孤零零地弃置一旁,如果扇子有感情的话,该是多么痛彻心扉,就像纳兰性德的《木兰花·拟古决绝词柬友》:

> 人生若只如初见,何事秋风悲画扇。
> 等闲变却故人心,却道故人心易变。
> 骊山语罢清宵半,泪雨零铃终不怨。
> 何如薄幸锦衣郎,比翼连枝当日愿。

可以想象,秋风吹过,那挂在墙壁上的画扇"瑟瑟发抖",扇面振动的声音低沉而嘶哑,萦绕着萧索悲凉的气息。其实,扇子的遭遇不能怪秋天,只能怪它与主人之间不平等的关系。这种关系,投射到君臣,是"二十三年弃置身"的慨叹;投射到男女,则是"日日思君不见君"的怨念。

[明]沈周《秋景山水图》

扇——何事秋风悲画扇

纳兰性德把"秋风悲画扇"的结局归咎为人生不能像初次相遇那样,永远保持着彼此之间的新鲜感和吸引力,而实际上这只是他一厢情愿的误解。人与人之间的感情一旦发生交集,原有的平等便难以保持,人心易变不过是便于道义谴责的借口罢了,自我的迷失和独立的缺失才更值得深刻检讨和反思。

亭——来往亭前踏落花

一座山，或者一面湖，如果没有亭子，便少了许多雅致和温润。

《说文解字》释："亭，民所安定也。"亭子是古代的民生工程，既能供行人驻足休息，又能开展文教德化，一举两得。荒山野岭建座亭子，等于告示百姓：这儿虽人烟稀少，却不是化外之地，官家的恩威延及于此，想为非作歹可要小心了。古代有"十里一亭，十亭一乡"的说法，亭是最小的行政单元，行政长官称亭长或亭父。汉高祖刘邦就起身于泗上亭长，通过起义，实现了体制内从地板到天花板的飞跃。

亭在许多古文中被用作距离的计量单位，形容旅途遥远、山道阻隔，如北周庾信《哀江南赋》写道："十里五里，长亭短亭。"又如李白的《菩萨蛮》：

> 平林漠漠烟如织，寒山一带伤心碧。
> 暝色入高楼，有人楼上愁。
> 玉阶空伫立，宿鸟归飞急。
> 何处是归程？长亭连短亭。

不知道在没有航拍技术的情况下，李白如何能够把鸟瞰的视角写得如此贴切——归途漫漫、前路迢迢的内心困

[明]唐寅《醉翁亭雅集图》

顿迷茫,被转换成"长亭连短亭"的视觉动态延伸。也许在写这首词时,他无比渴望化身为雄鹰,可以展翅翱翔,享受那错落在蜿蜒山脊的凉亭从眼前次第掠过的速度与激情。

对空间距离的无力感,是古人普遍的心灵体验。而正是这种无力感使得他们的情感在山林川泽、江河湖泊面前变得格外细腻而丰富。如今,我们着实难以体会那种登高远眺、望眼欲穿的乡愁,对"海畔尖山似剑铓,秋来处处割愁肠"已没有太多的共情,对"鸣轧江楼角一声,微阳潋潋落寒汀"也不会有多深的感触。回乡的便捷消解了乡愁的沉重,空间不再是不可逾越的障碍,时间,或者说游子愿意腾出的时间,才是衡量乡情的真实刻度。

借助现代科技,我们可以坐在密闭舒适的交通工具里,实现近乎点对点的空间传送。然而,没有旅途的艰辛,没有沿途的风景,人生的远行成了从一个目的地到另一个目的地的快速切换。行程节约的时间没有让我们变得更从容,却让我们变得更焦迫。那种"长亭外,古道边,芳草碧连天。晚风拂柳笛声残,夕阳山外山"的悠悠意境,变得越来越疏远陌生。

亭者,停也。或许亭子的另一个作用在于提醒人们:不要只顾赶路,还要记得停下来,真心地享受旅途的乐趣。

杜牧在山行途中，能发现深秋枫林之美，是因为他懂得歇下来，欣赏路边的风景：

远上寒山石径斜，白云生处有人家。
停车坐爱枫林晚，霜叶红于二月花。

虽然作为目的地的"白云生处"如人间仙境，令人艳羡，但路旁被霜叶染红的深林也梦幻绮丽，惹人喜欢。有时候，当我们拼尽所有到达终点之后，才发现路上的站点才是最好的归宿。所以，人不能没有目标，但对目标的执念亦不能太深，不能让它遮蔽了行进路上的感受与认知，以至于到了再也迈不开步的时候，才发现此前的经历一片空白。李清照应当感谢人生中有关溪亭的清晰记忆，让她在"冷

[明] 周臣《水阁图》

冷清清,凄凄惨惨戚戚"的晚年,还能对年轻时的那次尽兴畅饮回味无穷:

> 常记溪亭日暮,
> 沉醉不知归路。
> 兴尽晚回舟,
> 误入藕花深处。
> 争渡,争渡,
> 惊起一滩鸥鹭。

古代文人特别钟情于亭子,尤其是离京外放的官员,因为那儿是他们怡情山水、与民同乐的一片天地。一般而言,建筑的存在是为了隔绝外面的侵扰与窥视,为里面的人构建安全与自由的私密空间。然而,亭子却是以八面通透的样式突破建筑的常规功能,寓意着透明、开放和包容。如北宋欧阳修于醉翁亭饮酒作乐、于丰乐亭仰山听泉,借此宣示明德亲民的为政理念,就像《丰乐亭游春》所写:

> 绿树交加山鸟啼,晴风荡漾落花飞。
> 鸟歌花舞太守醉,明日酒醒春已归。

春云淡淡日辉辉,草惹行襟絮拂衣。
行到亭西逢太守,篮舆酩酊插花归。

红树青山日欲斜,长郊草色绿无涯。
游人不管春将老,来往亭前踏落花。

与范仲淹"先天下之忧而忧,后天下之乐而乐"的圣人情怀不同,欧阳修常常不顾及太守身份,于众目睽睽之下在丰乐亭喝得酩酊大醉,头插鲜花,被人用竹轿抬着回去,尽情享受着村夫俗子般的乡情野趣。或许他主事的滁州真如《丰乐亭记》所云"乐其地僻而事简,又爱其俗之安闲",使得官员自在清闲,百姓自得其乐;又或许他深谙无为而治之道,奉行道家"天地不仁,以万物为刍狗"的训条,把不烦扰百姓、保持民风淳朴作为治理一方的主要准则。毕竟很多情况下,百姓的刁蛮与狡黠,都是在与官府的斗争中被训练出来的。

楼——迢递高城百尺楼

读李白的《夜宿山寺》，发现古人对楼的想象比今人贫乏许多。连李白此等天马行空的诗人，看到百尺高楼都发出"手可摘星辰"的赞叹，确实有点儿大惊小怪。他要是能看到

［元］夏永《黄鹤楼图》

现在动辄几百米的摩天大楼，估计要惊掉下巴，就是想"高声语"也不可得了。

古代最高的楼，恐怕也比不上现在普普通通的居民楼。高度并非古人盖楼追求的目标，他们在意的是楼外的视野和风光。人们登楼而上，凭栏远眺，可以望见青山碧岭，可以俯临澄湖翠潭，可以享受绿荫环绕、鸟语花香，以及与大自然融为一体的和谐与闲适。

古往今来，多少名楼成就了佳作，多少佳作成就了名楼。岳阳楼、黄鹤楼、鹳雀楼、滕王阁、凤凰台等等，这些胜迹让文人得以游目骋怀、思如泉涌，写下千古名篇佳句。而这些名篇佳句又让后人即便经历了"六朝文物草连空"的无常，发出"多少楼台烟雨中"的怅叹，也能永远记住这些消失于漫漫历史长河之中的楼台的名字。

人登高之后，脱离了狭小逼仄的空间，远离了地面的

尘浊之气,视界变得更加清朗开阔,胸襟也随之激荡,对时间维度的知觉也变得格外敏感,所以陈子昂登上幽州台后会感受到"前不见古人,后不见来者"的悠悠孤寂。空间与时间,是人类无法跨越的两道终极屏障,许多诗人登高赋诗,都会透露出一股对时空的无力感,这是我读李商隐《安定城楼》的深刻体会:

> 迢递高城百尺楼,绿杨枝外尽汀洲。
> 贾生年少虚垂泪,王粲春来更远游。
> 永忆江湖归白发,欲回天地入扁舟。
> 不知腐鼠成滋味,猜意鹓雏竟未休。

诗人登上城楼,却想起了贾谊和王粲,两人都是名震朝野的青年才俊。贾谊年仅二十一岁就深得汉文帝赏识,只可惜他较为激进的政见与皇帝保守的治国方略并不合拍,再加上当朝权臣的嫉妒排挤,他虽受赏识却不受重用,终被谪为长沙王太傅并于任上郁郁而终,年仅三十三岁。李商隐专为其赋诗而叹曰:

> 宣室求贤访逐臣,贾生才调更无伦。
> 可怜夜半虚前席,不问苍生问鬼神。

王粲自幼博闻强记，又是名门望族之后，年少时便圈粉无数，连当朝大名鼎鼎的蔡邕都对他钦佩不已。据传说，有一次蔡邕闻听王粲上门拜访，激动得倒穿鞋子出门迎接，还要把家里的藏书都赠予他。然而，东汉末年政局动荡，王粲并无施展才华的空间，只得四处漂泊，事业未竟便病逝半途。

贾谊和王粲的经历让诗人想到了自己，或者说诗人因自己的境遇而联想到了贾谊和王粲。他们都面临共同的困境：空有一身的才华，却只能将其局促在十分有限的空间里，最终随着岁月蹉跎，慢慢地流干散尽。困境的成因可能有千万条，但似乎有一条是共通的，那便是小人的妨碍与干扰。这在诗中经常被转化成特定的景与物。如李白以浮云喻之："总为浮云能蔽日，长安不见使人愁。"崔颢用烟波比之："日暮乡关何处是？烟波江上使人愁。"而李商隐则形象地用腐鼠对鹓雏的恶意揣度，来描述自己遭小人猜忌和针对的情形。他认为小人就像老鼠一样，把垃

［元］夏永《滕王阁图》

垃圾堆的腐食看得很重,看到鹓雏从空中飞过便上蹿下跳、列阵以待,以为它是来抢腐食的,岂知人家根本不碰那恶臭玩意儿。

李商隐在诗中清高地与小人划清了界限,表明自己入仕为官,并非为了个人飞黄腾达,而是希望能用自己的才华普济天下。心愿达成那天,他将功成身退,一叶扁舟,隐身江湖。清高,是一种可贵的品格,虽然人们总是把它与呆板、迂腐、不识时务等联系在一起。很多人不理解伯夷叔齐为什么要饿死在首阳山,屈原为什么要投汨罗江,田横为什么要献上自己的人头,毕竟他们还没到走投无路的地步。正所谓:"好死不如赖活着"、"留得青山在,不怕没柴烧"。如果用功利世俗的那套生活哲学来计较得失,这世间便少了很多可歌可泣的人文精神和历史故事。所以,有些行为虽不合时宜,不为社会大众所理解和接受,却需要给他们足够的空间和时间来孕育巨大的价值。

同样是登高,登楼与登山大不相同。古人登山多数靠脚力,所以登上山顶后,有征服大自然的感觉,所赋诗词自然透着豪迈之情,如"会当凌绝顶,一览众山小"、"不畏浮云遮望眼,自缘身在最高层"、"举头红日白云低,四海五湖皆一望"。登楼之人大多身心为情势所困,不能远行,只能远望,身在此处,心系他处,如晏殊的《蝶恋花》:

槛菊愁烟兰泣露,罗幕轻寒,燕子双飞去。

明月不谙离恨苦,斜光到晓穿朱户。

昨夜西风凋碧树,独上高楼,望尽天涯路。

欲寄彩笺兼尺素,山长水阔知何处?

古代的楼很讲究方位,其中西楼最常在诗词中出现,如"无言独上西楼,月如钩。寂寞梧桐深院锁清秋"、"金陵城上西楼,倚清秋。万里夕阳垂地大江流"、"如今风雨西楼夜,不听清歌也泪垂"等等。西楼几乎是所有诗人孤独与忧愁时的"打卡胜地",所以辛弃疾说:"少年不识愁滋味,爱上层楼。爱上层楼,为赋新词强说愁。"

西楼成为伤心地的代名词,大概与阴阳五行有关。《易经》中,西为兑、为女,西楼、西厢房一般为年轻女子所居住。且西方五行属金,于时为秋,金主杀,秋寓愁。因此,西楼也就与相思和忧愁紧紧联系在一起。当然,古诗中的方位词也并非都有所指,很多情况下是满足音韵的需

[元]夏永《岳阳楼图》

要,只不过有的诗句太朗朗上口,以至于其中的词语被标签化了。如人们提到"南山"时,自然会想起陶渊明的"采菊东篱下,悠然见南山",也因之有了归隐之义的联想。

儒家《中庸》提倡天地万物各安其位。这种观点在今天看来是消极的、宿命论的,然而,在科技尚不发达的年代,这其实是人们自觉顺从自然的一种观念。世间生灵万物有水居、穴居、陆居、巢居等等,各得其所、尽归其位、自安其命。但是,这种理想的状态经常被打破,不是人与人争夺空间,就是人与其他生灵争夺空间。赢得战争的人总要为空间重新制定规则,他们不承认有所谓的"各安其位",只信奉用强权来"各争其位"。就像有些人盖高楼,不是为了登高望远、览物咏怀,而是为了以凌踞空间的优势来尊显身份等级,标榜高贵地位。这等行径在盛衰更替的规律面前显得那么可笑,它让我想起了《桃花扇》里老艺人苏昆生的那段著名唱词:

俺曾见,金陵玉殿莺啼晓,秦淮水榭花开早,谁知道容易冰消!

眼看他起朱楼,眼看他宴宾客,眼看他楼塌了。

碑
——岘首碑前洒几多

西方用雕像象征永恒,中国则用碑文期许不朽。

在古人眼里,唯有坚硬的石头能与时间的流逝抗争,海枯石烂、地老天荒是其对时间尽头的想象,所以他们恭恭敬敬地把自己的事迹和功绩刻在石头上,希望在这个世界上留下永不磨灭的痕迹。

这些兀自耸立的石碑能否让立碑之人得偿所愿尚不可知,然时易世变,当年石白墨氤的石碑早已变得斑驳残旧,向人们宣示岁月的无情。故而辛弃疾才会慨然叹曰:"都休问,英雄千古,荒草没残碑。"郑板桥则在《道情》中写道:

老樵夫,自砍柴。捆青松,夹绿槐。
茫茫野草秋山外,丰碑是处成荒冢,
华表千寻卧碧苔。坟前石马磨刀坏。
倒不如闲钱沽酒,醉醺醺山径归来。

日本大阪市立美术馆收藏了一幅据传为五代时期著名画家李成、王晓所绘《读碑窠石图》。画中近景荆棘丛生,木叶尽脱,气氛悲怆。不远处,一面巨碑孑然而立,赑屃为座,双龙纹头,尽显肃穆庄严。一鹤颜长者骑驴驻于碑前,一垂髫童子负仗立于驴旁,整个画面充盈着时空的荒古感。此画没有题字落款,所以不知所画何人,却让我

不禁想起了孟浩然的《与诸子登岘山》:

人事有代谢,往来成古今。
江山留胜迹,我辈复登临。
水落鱼梁浅,天寒梦泽深。
羊公碑尚在,读罢泪沾襟。

画中石碑的隆重规制与周边的荒寒寂寥构成强烈反差,长者的暮年伛偻与童子的朝气挺拔形成鲜明对比,正应"人事有代谢,往来成古今"的巧妙寓意。虽然没有鱼梁和梦泽的远景眺望,老木荒榛、秃石败枝却烘托出了天寒地冻、山旷河枯的悲凉气氛。

羊公碑,又称堕泪碑。西晋名将羊祜曾登荆襄岘山,看到天地悠悠、苍野茫茫的景象,堕泪而叹曰:"自有宇宙,便有此山。由来贤达胜士,登此远望,如我与卿者多矣!皆湮灭无闻,使

[五代] 李成 王晓《读碑窠石图》(局部)

人悲伤！如百岁后有知，魂魄犹应登此也。"羊祜去世后，当地百姓感怀他的政德，自发立碑凭吊。

羊祜的感慨仿佛跨越了八百年，在赤壁的江面回荡，与泛舟而游的苏轼触发了心灵的共振，苏轼由此写下千古名句："月明星稀，乌鹊南飞。此非曹孟德之诗乎？西望夏口，东望武昌，山川相缪，郁乎苍苍，此非孟德之困于周郎者乎？方其破荆州，下江陵，顺流而东也，舳舻千里，旌旗蔽空，酾酒临江，横槊赋诗，固一世之雄也，而今安在哉？"

感慨生命的短暂与渺小，一直是众多英雄豪杰共同的心境。他们一生纵横捭阖、叱咤风云，最终却也难以逃脱岁月车轮的碾压，在荣耀与繁华谢幕之后，陨落为历史的尘埃，湮没在滚滚红尘之中。羊祜的泪、孟浩然的泪、古往今来千千万万人的泪，都没有本质的区别，就像杜牧诗中所写："鸟去鸟来山色里，人歌人哭水声中。"

对于"生前身后名"，有的人执着眷顾，有人却嗤之以鼻，如唐寅《叹世》所唱：

> 坐对黄花举一觞，醒时还忆醉时狂。
> 丹砂岂是千年药，白日难消两鬓霜。
> 身后碑铭徒自好，眼前傀儡任他忙。
> 追思浮生真成梦，到底终须有散场。

唐寅年少时因科场舞弊案被判终身禁试,仕途无望的他一面满怀热情地投身艺术创作,一面放荡不羁地沉迷于酒池肉林。他卓然自立、众醉独醒,自诩"世人笑我太疯癫,我笑他人看不穿"。然而,唐寅无法像陶渊明那样自觉远离权力的诱惑,真正享受归隐的闲适,最终还是抵御不住宁王朱宸濠的拉拢,成为其幕僚。虽然他足够聪明,在宁王叛乱前佯疯裸奔,得以脱身,却不能从人生的波澜中彻底走出来。相比于杜甫安贫乐道于草堂,满足"老妻画纸为棋局,稚子敲针作钓钩"的平淡静好;相比于苏轼苦中作乐于雪堂,体会"莫嫌荦确坡头路,自爱铿然曳杖声"的洒脱豁达;生活在桃花庵的唐寅一直没有逃离尘世的缧绁,他一心想让自己超尘脱俗,但终其一生也只能做到愤世嫉俗。

唐寅是不幸的,离世的时候穷困潦倒,丧礼也是由文徵明、祝允明、王宠等好友出钱操办的。然而,唐寅又是幸运的,虽然与标榜功德的石碑无缘,他的字画作品却成为不朽的艺术丰碑。

在信息传播手段落后的年代,立碑是拓宽信息时空跨度的绝佳途径。改变文字载体的物理属性虽然能够延长文字的生命力,却未必能延展信息的传播力。如果石碑上的文字只是在歌功颂德,又有谁会相信碑文的真实性?就像白居易《立碑》所写：

> 勋德既下衰，文章亦陵夷。
> 但见山中石，立作路旁碑。
> 铭勋悉太公，叙德皆仲尼。
> 复以多为贵，千言直万赀。
> 为文彼何人，想见下笔时。
> 但欲愚者悦，不思贤者嗤。
> 岂独贤者嗤，仍传后代疑。
> 古石苍苔字，安知是愧词。
> 我闻望江县，麹令名信陵。
> 在官有仁政，名不闻京师。
> 身殁欲归葬，百姓遮路歧。
> 攀辕不得归，留葬此江湄。
> 至今道其名，男女涕皆垂。
> 无人立碑碣，唯有邑人知。

石碑不如口碑，所以有的碑立而不述。在陕西咸宁乾陵有一块为武则天所立的无字碑，与她为唐高宗所立的述圣碑两相呼应。对于无字碑的用意民间有很多猜测：有人认为，武氏自诩功德太高，非文字所能记述；也有人认为，

[明]唐寅《西洲话旧图》

其自知罪孽太深,羞于在碑上留字表功;还有人认为,其明白功过自在人心,刻意不留字而予后人评说。其实,皇帝的谥号和碑文都由继位者拟定,那块无字碑上也并非什么都没有,而是划刻了三千多个方格。或许,后来的皇帝李显对于这样一位让自己终日惶惶不安的母亲,想说的太多却又不便对外诉说,索性就什么都不评价了。

用历史的眼光看,不管碑上写着什么,最终都不重要,因为古人早说过:"太上有立德,其次有立功,其次有立言,虽久不废。此之谓不朽。"滴水都能穿石,不要把一块石头看得太重。

采薇——采薇收橘不堪论

诗，从实用的角度讲，是信息传播手段比较落后的时代条件下的精神产物。在古代，尤其是书写工具不是很发达的年代，口口相传是传递信息的重要途径。然而，语言具有不稳定性，容易在传播的过程中发生偏差，诗歌由于词句相对简短精练，便于传播者记忆；格律相对规范对仗，能够避免在传播过程中被随意更改；音韵相对和谐动听，契合了人类对美的精神追求。种种特质使诗成了富有生命力的信息传播载体。

早在春秋时期，孔子就把诗置于十分重要的地位，不仅将其列为"六艺"之首，还视其为修身立世的根本。《论语·泰伯》曰："兴于诗，立于礼，成于乐。"在当时教育资源极其匮乏的条件下，诗是个人启蒙阶段汲取文化养分的重要来源。所以孔子苦口婆心规劝年轻人："小子！何莫学夫诗？诗，可以兴，可以观，可以群，可以怨。迩之事父，远之事君。多识于鸟兽草木之名。"

孔子所谓的诗，专指其编纂的《诗经》，共三百零五首。诗中有大量劳动

［宋］赵佶《腊梅双禽图》

场景的描写，自然也会提及各种鸟兽草木，仅以采摘起首的诗就占了不少，如：《采蘩》《采苓》《采薇》《采苢》《采绿》等。当然，这些"采"诗咏唱的主题多数与劳动无关，只是以采摘的画面作为引子，转而围绕战争、爱情、家乡等题材抒发情感。或许，相对于犁田耕地、挑水砍柴等粗重的农活，采摘更方便干活的人走神，让他得以一边劳作一边创作（一笑）。

我刚接触古诗的时候，对《诗经》存在偏见，觉得它不如绝句或律诗，因为不够对仗工整，而且生僻字太多。诗读多了之后，才发现它们之间是自然之美与雕琢之美、生活之美与文字之美的差别。诗的创作主体从劳动人民转向文人阶层，经过大量修辞和音韵技巧包装之后，在变得更加高雅的同时，也变得更加封闭，作诗成了门槛极高的文学创作。原来诗中生活化的情感流露成了文艺化的情绪宣泄。那种"青青子衿，悠悠我心"的绵绵情思，变成了"别来半岁音书绝，一寸离肠千万结"的肝肠寸断；那种"心之忧矣，如匪浣衣。静言思之，不能奋飞"的淡淡忧愁，变成了"寻寻觅觅，冷冷清清，凄凄惨惨戚戚"的愁肠九转。儒家提倡的"哀而不伤"荡然无存。

从《诗经》到律诗、绝句，最大的变化还是对劳动的疏远。古代文人哪怕归隐，也基本不用参加劳动，像陶渊明那样亲自下地干活的少之又少。所以陶诗中尚有"晨兴理荒秽,带月荷锄归"这般忙碌而充实的情景展现,而唐诗中已很少有诗人劳作的画面描绘,即使有,其寓意也往往非同寻常,如王绩的《野望》:

> 东皋薄暮望,徙倚欲何依。
> 树树皆秋色,山山唯落晖。
> 牧人驱犊返,猎马带禽归。
> 相顾无相识,长歌怀采薇。

采薇,即采摘野菜。野菜之于今人是难得的山珍,而对于古人而言,却是粮食缺乏时,可以活命的替代品。诗人王绩是"初唐四杰"之一王勃的祖辈,曾仕隋唐两朝,贞观年间,托疾辞官,归隐东皋。其日子再窘迫,也不至于靠野菜为生,采薇不过是其表明志向的行为艺术罢了。采薇的典故源于伯夷和叔齐的经历,兄弟二人在商朝灭亡后不食周粟而饿死于首阳山上,逝前曾作歌曰:

> 登彼西山兮,采其薇矣。
> 以暴易暴兮,不知其非矣。
> 神农、虞、夏忽焉没兮,我安适归矣?

> 于嗟徂兮,命之衰矣!

按照今天很多人的价值观,伯夷、叔齐死得很不值。商纣无道,周武王才起兵征伐,且周朝建立后,国祚绵长,存续了八百多年,足以证明其顺应人心。显然,这种观点是对伯夷、叔齐的误解,他们在意的不是有道或无道,而是以暴易暴。纠正无道的统治,是该用暴力方式推翻,还是用和平手段改变?伯夷、叔齐的声音就像千年的钟声,回荡在历史的轮回中,在每个朝代更迭之际,拷问着征讨者的灵魂。

据《汉书》记载,汉景帝刘启曾组织过有关夏商周政权轮替的辩论。黄生认为,汤、武灭桀、纣,是以臣弑君的叛逆行为;辕固生则认为,桀、纣无道,就应当吊民伐罪,汤、武是替天行道。汉景帝在裁决时陷入了两难境地:支持黄生,汉朝取代秦朝就没有了合法基础;支持辕固生,无异于为刘氏王朝日后被武力征讨留下命门。于是,这位尴尬的皇帝只能打哈哈道:"食肉不食马肝,不为不知味;言学者无言汤武受命,不为愚。"关于"汤武受命"的争论,与食用有毒的马肝一样危险,有些话题是不能开启的。

周朝以武力威服之后,继之以礼乐教化,孔子给予了极高的评价:"周监于二代,郁郁乎文哉!吾从周。"在孔

[宋]李唐《采薇图》(局部)

子眼里,周朝吸收了夏、商的优点,且文治德政成为其鲜明的特点。武王"以暴易暴"的"伤疤"逐渐被淡忘,但对伯夷、叔齐的历史评价却不能回避。肯定他们无疑是对周朝的否定,否定他们却又意味着对高尚品格的排斥,不符合儒家的思想。孔子在这方面的处理十分高明,他对子贡说:伯夷、叔齐是古代贤人,他们求仁得仁,没有什么可怨悔的。孔子刻意回避了伯夷、叔齐的政治观点,只评价了他们的个人品格,并认为他们的道德付出得到了应有的回报。

中国的道德伦理中自古就有善恶报应的思想,陶渊明《饮酒·其二》写道:"积善云有报,夷叔在西山。善恶苟不应,何事空立言。"善行就应该有善报,生前没有获得回报,死后也应得到好名声,或者荫及后代,这是千百年来中国人朴实的信仰。所以古代的中国百姓虽然多数没有文化，不理解儒家的道德精髓，也不懂得历史的千秋功罪，但他们遵循着群体普遍的价值观念和行为准则，并用一个通俗且传神的词语来概括——良心。虽然谁也说不清良心到底是什么东西，是主观的自我检视，还是客观的评价审视？总之，在文化的作用下，良心被生活化成一种神秘的主宰——如果一个人做了坏事，良心会感到不安，如果他执迷不悟，则冥冥中有一种不好的结果在等待着他。

孔子指出伯夷、叔齐求仁得仁，大概意思是指他们的善行得到善报。但孔子只是从个人命运的小轮回来看问题，伯夷、叔齐对武王发出"以暴易暴兮，不知其非矣"的警告，则是从人类历史的大轮回来看问题。虽然周朝历经八百多年，才尝到"以暴易暴"的苦果，但把暴力运用到极致的秦朝，在短短的十几年内就应谶了，一切只是时间的问题而已。

伯夷、叔齐十分了不起，不仅能看透历史，还能在"举世非之"的情况下，笃信自明，特立独行，所以韩愈评价他们"穷天地、亘万世而不顾者也。昭乎日月不足为明，崒乎泰山不足为高，巍乎天地不足为容也"。后世文人借采薇以言志，只能算"高山仰止，景行行止"的一个注脚罢了，毕竟志与道还是有着天壤之别的。

读书——晓窗分与读书灯

古人把两件事看得最重:一是祭祖,二是读书。从皇亲贵胄到平头百姓,世世代代无不如此。祭祖是为了不忘哪里来,读书是为了弄清何处去,这两件事让华夏民族形成了"信而好古"和"箕裘相继"的性格特征。

农耕文明下,资源代际传承是家族维系之道。牧民可以游走四方,择善而居;渔民可以出入江海,自取自足;农民就只能靠天吃饭,祈求丰年。所以农耕社会中人的忧患意识较强,更注重平时积蓄存储,以备不时之需。此外,农业还是一项庞杂的系统性工程,需要气候、水利、土壤、种植等技术和知识的支撑,且技术经验化和知识体系化的周期长,所以代代传承显得格外重要。

在古代,知识与身份和财富一样,被作为一种

[元]王蒙《春山读书图》

私人专属资源加以传承,这种现象十分普遍。《史记》中张良得《素书》,金庸小说中郭靖得《九阴真经》,类似的传奇故事都把知识看得比宝藏还珍贵,得之便可号令天下或一统江湖。当知识可以被垄断时,其手段性与目的性经常是重叠的,获得知识意味着直接实现知识的功用。如:学会了兵法,就一定能打胜仗;懂得了经略,就能治国理政,正所谓"半部《论语》治天下"。

因为读书的意义非凡,所以得仪式感十足。自汉唐以来,宫廷每年设经筵,专为皇帝讲经论史。遇到好学的皇帝,经筵大典搞得更是隆重,犹如庆祝盛大节日一般。普通文人比不上皇家的排场,便只能在深幽清远的意境上做文章,如唐代刘眘虚的《阙题》:

> 道由白云尽,春与青溪长。
> 时有落花至,远随流水香。
> 闲门向山路,深柳读书堂。
> 幽映每白日,清辉照衣裳。

造纸术和印刷术促进了知识的传播,读书不再是神圣而神秘的事情。当人人都"读得起"书的时候,知识不再被少数人垄断,能够从中获得的优势也被大大削弱。春秋时期，有文化的士人可以纵横捭阖、翻云覆雨；到了隋唐，文人就只能"学成文武艺，货与帝王家"了。知识虽然仍被尊重，但已经从"鱼"退化成"渔"，其对社会的现实作用是间接的，受各种外部因素的制约。在这种情况下，科举制度应运而生，皇帝当然不希望有学识和才华的人竭其所能，通过对社会大众直接施加影响来自证价值；所以巧妙地设立了"八股文章"这类现实虚拟的评价体系，让躁动的逐鹿争道变成安分的坐而论道，把建立宏图伟业的雄心制服在官阶攀爬的个人奋进中。

知识的"退化"带来的是读书人心态的转变和信仰的崩溃。如果你对孟郊"春风得意马蹄疾，一日看尽长安花"感到讶异，那就想想他们昔日寒窗"龌龊"的样子，有王禹偁的《清明》为证：

无花无酒过清明，兴味萧然似野僧。
昨日邻家乞新火，晓窗分与读书灯。

对于诗人而言，读书与其说是"无花无酒"境遇下仅剩的乐趣，还不如说是无奈的选择。清明时节，是春心萌动、野游踏青的大好时光，诗人却把自己孤零零地关在房间里面，在昏黄的火光下，听着窗外热闹的虫声唧唧，闻着远处飘来的芳香阵阵,读着索然无味的"之乎者也",我不禁想起小时候语文书上"悬梁刺股""凿壁借光"的励志故事。历史总喜欢把现实的辛酸酿造成逐梦的甘甜,这是虚无的误解还是乐观的使然?不得而知。

伴随知识"退化"的,是读书的"矮化"。读书在一些人眼里成了求取功名的敲门砖,那首耳熟能详的《劝学诗》,竟出自宋朝的第三任皇帝宋真宗之口!

富家不用买良田,书中自有千钟粟。
安居不用架高堂,书中自有黄金屋。
出门莫恨无人随,书中有马多如簇。
娶妻莫恨无良媒,书中自有颜如玉。
男儿欲遂平生志,六经勤向窗前读。

皇帝不教读书人"为天地立心,为生民立命,为往圣继绝学,为万世开太平",而是赤裸裸地以荣华富贵作为激励。或许,他内心十分清楚,现实的物质利益比抽象的道德说教更具说服力。然而,世俗化的追求都有一个共同的弱点,便是缺乏稳定的价值内核来维系持久的动力。当人们发现读书与"黄金屋""颜如玉"没有直接的对应关系,或者通过其他路径获取这些东西更加便捷时,其对读书的信仰便会产生根本性的动摇。

自北宋起,门阀士族彻底走向没落,文人学士走上历史舞台的中心,读书与当官的对应关系越来越强。然而,此时的文人尚保留着治学的初始情怀,他们整体的价值观并没有被短视的皇帝带偏,而是试图用内在的升华来替代外在的索取,赋予读书更崇高的人生意义。"内圣外王"是鸿儒巨匠追求的境界,而"济世修身"则是普通读书人的寻常愿望。当济世因受制于个人身份、地位、财富等各种与读书无关的因素,越来越难以达成时,修身此等取决于个人心力的自我实现,便越来越被重视。

古语云:"穷则独善其身,达则兼济天下。"说这话的人往往属于后者。因为标榜"兼济天下"显得过于自我膨胀,

[宋]赵佶《听琴图》

且在"普天之下莫非王土"的皇权体制下,把"天下"作为恩济的对象,是十分危险的事情。富可敌国的沈万山,因扬言要替朱元璋犒劳三军而惹祸上身,便是发人深省的史鉴。相比之下,誓言"独善其身",则令人敬仰。华夏历史故事中,拯救天下苍生的个人英雄似乎不多,而洁身自好的道德楷模却比比皆是,如伯夷、叔齐、屈原、范蠡、介子推等等。

在受到多媒体冲击的当下,文字阅读不再是日常获取信息的主要渠道。普遍焦虑化和碎片化的生活,改变了人们消度时间的方式。很久以前你或许会在衣兜里塞一本口袋书,而现在你只需要一部能上网的手机,时不时刷刷微信和短视频,"开卷有益"被越来越多人嗤之以鼻。我平时逛胡同的时候,偶尔还能看到有的住宅门叶上刷着苏轼的诗句:"忠厚传家久,诗书继世长。"又或者是翁同龢的联对:"世上几百年旧家无非积德,天下第一件好事还是读书。"不知道这些"不合时宜"的劝言如今还有多少人真的相信并身体力行?

蜉蝣——不知身世是蜉蝣

活下去，是这个星球上的所有物种为了延续的本能需求。活出意义，则是人类自别于其他物种的精神需求。

长空下的雄鹰，飞越辽阔的江河湖泊，孤独寂寥的身影掠过茂密的森林和广袤的草原，只为寻觅可以充饥的猎物；崖壁上的雪豹，冒着粉身碎骨的危险，舍身追捕矫捷的羚羊，只图饱食一顿，以便度过冰冷的寒冬。生存，是动物一切行为的最高准则。

相形之下，人类在自己的头上插上鸟儿漂亮的羽毛，在盛水的陶壶上镌刻简单的几何图案，在摇曳的孤灯前冥思苦想诗词的章句。甚至，他们为了信守道德理想，不与统治者合作，让自己饿死在荒山上；为了致敬英雄，义无反顾地走向大海，集体为其殉葬。这些行为看上去与物种进化的规律相违背，生存不再是生命的目的，舍弃生命却成了实现生命意义的崇高选择。

走出本能的驱使，赋予生命超出本体的价值，这是人类精神的可贵之处，也是可怕之处。有了精神追求，人们的各种行为不再遵循"最低限度"原则。在动物的世界中，杀戮是生存的需要，而在人类世界中，杀戮有可能源于仇恨的宣泄、恶毒的圈套、灵魂的扭曲，还有可能是道德外衣包裹下虚假正义的蛊惑。杀戮手段之血腥和残忍让任何凶猛的食肉动物都望尘莫及。

蜉蝣——不知身世是蜉蝣

生命的意义，对于这个古今中外论之无解的命题，有人坚定，有人迷茫；有人狂热，有人冷峻；有人勇往直前，有人望而却步；有人燃情绽放，有人悲哀绝望。这与每个人的信仰和思想有关，也与心境和情绪有关。当你置身浩渺的宇宙，面对无知的未来，为世事的无常而不安，因人心的叵测而惶恐，会感觉到自己的渺小与无助，于芸芸众生中，与苟且的动物没有什么两样，甚至犹如那朝生夕死、寂寂无闻的蜉蝣，就像苏轼《前赤壁赋》所云：

> 况吾与子渔樵于江渚之上，侣鱼虾而友麋鹿，驾一叶之扁舟，举匏樽以相属。寄蜉蝣于天地，渺沧海之一粟。哀吾生之须臾，羡长江之无穷。挟飞仙以遨游，抱明月而长终。知不可乎骤得，托遗响于悲风……

经历了"乌台诗案"的苏轼，看穿了生死荣辱，把道家精神作为人生重新起航的风帆。"反者道之动，弱者道之用。"

[明] 仇英《赤壁图》

道家喜欢用冷眼反观人类自命不凡的行为,主张人应该无欲或者寡欲,退回到"为腹不为目"的"最低限度"状态。所以在苏轼眼里,自己虽化身蜉蝣,却与自然融为一体,以天为穹,以地为床,渴饮朝露,饥食落英,得日月之精华,聚山川之灵气。文天祥读了《前赤壁赋》后,也以蜉蝣作诗一首:

> 昔年仙子谪黄州,赤壁矶头汗漫游。
> 今古兴亡真过影,乾坤俯仰一虚舟。
> 人间忧患何曾少,天上风流更有不。
> 我亦洞箫吹一曲,不知身世是蜉蝣。

人在得意之时,都推崇儒家精神,因为它进取有为,不但主张"天行健,君子以自强不息"的个人奋斗,还背负着"天下之无道也久矣,天将以夫子为木铎"的神圣使命。儒家的自命不凡,是社会前进的动力,也是冲突的根源。"和而不同"的怀柔包容,是为了"天下大同"的宏图伟业。孔子曰:"己所不欲,勿施于人。"自己

[明] 张路《老子骑牛图》

不喜欢，强加给别人是不对的。但自己喜欢，就能强加给别人吗？从历史经验看，儒家一直是这么做的，圣贤鸿儒以拯救天下苍生为己任，并且坚信他们是带来光明的唯一希望。"天不生仲尼，万古如长夜"是多数读书人的执念。

与儒家相反，道家主张无为而治，认为只要每个人管好自己，整个社会就相安无事。道家的思想虽然在逻辑上没有问题，但过于理想化。它成立的前提是人类社会永远处于静态的平衡，人和人之间不需要抱团取暖，也没有彼此的侵犯和伤害。道家所倡导的社会结构相当脆弱，所以需要每个人的克制和无为，弃智和反智成了立国之本。在道家眼里，天地就像一个风箱，"虚而不屈，动而愈出，多言数穷，不如守中"。积极有为只会添乱，将原本清净的水越搅越浑。

从社会发展的角度看，儒家顺应了历史的潮流，但是道家却给人类精神留了一道出口。多数处于挫折和逆境中的人，会选择道家思想来自我安慰，重新审视自己存在的意义和价值。在儒家的历史中，只有非凡的人才能像璀璨的恒星，在漆黑的夜空占据一席之地，而芸芸众生犹如流星一般，消殒之后便无声无息。相比之下，道家对弱者和个体充满了关怀。庄子曾批判道："人皆知有用之用，而莫知无用之用也。"对惠子无所用的五石之瓠，在他眼里却可用作大樽而泛游于江湖。

人有时需要以"天生我材必有用"的自重与自信勉励自己，不妄自菲薄；有时也需要以"寄蜉蝣于天地"的超然洒脱来释放自己，不妄自尊大。或许，介于有用和无用之间，是对自己最为有用的状态。

宫殿——奉帚平明金殿开

著名建筑学家梁思成说:"建筑是各民族文化的一种重要代表。"到一个地方旅游,最值得参观的是那儿的古建筑,因为它们是那个时代最有权力地位的人,集结了最有艺术才华的人,试图在平凡的土地上留下不可磨灭之印记的智慧结晶。从中国的长城到埃及的金字塔,从东罗马帝国的圣索菲亚大教堂到莫卧儿王朝的泰姬陵,无不如此。

中国历代帝王的文治武功,从来都离不开宏伟建筑的修饰,而新政权对旧政权的否定,又常常以焚毁其标志性建筑作为意义深远的"壮举"。杜牧在《阿房宫赋》中写道:"楚人一炬,可怜焦土。"项羽没有给后人留下目睹阿

[元]夏永《丰乐楼图》(旧名:《阿房宫图》)

房宫之壮丽奢华的机会,现在的人也由此反思中国古代建筑取材于木的缺点,如能像西方那样取材于石的话,很多著名的建筑即便遭受人为的破坏,也不至于荡然无存,就如那历经了上千年岁月洗礼的石窟。

关于中国的建筑为何以木结构为主,有很多猜测,普遍认为与材料、技术和文化等因素有关,我认为传统文化中"天地人"三才合一的思想影响最大。西方建筑注重其内在的空间格局和外在的视觉观感对人类心灵的影响,而中国建筑则习惯被置于天与地的宏大场景中来审视,讲求天地人三者气场的相互匹配,这是中国风水学的逻辑起点。所以中国人建房子,要上观天象,下察地理,山川河流、地质水文、风向雨量,甚至无形的阴阳五行等,都是需要考量的因素。要把抽象的文化理念转化为现实的建筑工程,笨重坚硬的石头令人望而生畏,相对轻巧且易于加工的木材成了自然之选。

文化与建筑的作用是双向的。古代流传下来的器物中,建筑是中国礼教文化最鲜明、最充分的体现。东西南北的讲究,体现了方位上的尊卑秩序;门墙尺寸的规制,体现了数量上的等级差异;红蓝青黄的限定,体现了颜色上的特权禁忌。似乎房屋的一栋一梁、一钉一卯、一砖一瓦都反映着主人的身份地位。反过来,礼教文化赋予了不同建筑种类繁多的称谓，如宫、殿、阁、台、府、邸、馆、第、室、屋等。在等级森严的建筑家族中，宫与殿的位阶最高，因为那里是帝王生活和办公的地方。

如今的宫殿有名无实，虽然其位于天地之间的坐标未改，可是"昔人已乘黄鹤去"，没有人物的演绎和权力的烘托，孤零零的宫殿就像身着华服的木偶，雄伟却乏威严，丰富但不精彩。所以，古代诗人眼中的宫殿，我们在景区是永远找不到的。有如王昌龄的《长信秋词》所呈现的景象，完全超出宫殿之于今人的固有印象：

奉帚平明金殿开，且将团扇暂裴回。
玉颜不及寒鸦色，犹带昭阳日影来。

站在威仪的金殿门前，王昌龄竟把目光聚焦在被冷落的女子身上，我深刻怀疑像他这等级别的官员，在当时不可能有机会在日出时分，如此清晰地观察宫女劳作和偷闲的情景，甚至脸上的神色都能看出。或许，当年他只是驻足在宫墙外面，远远地望见晨光照耀下金碧辉煌的殿宇，脑海中联翩地闪现出诗中的场景。

像宫殿这种帝王施展权力的地方，一般的人离得越近，越有卑微感，越容易丧失个人意志，本能地顺从权力的

［清］佚名《万国来朝图》(局部)

支配,并油然而生敬仰和赞美之情。然而,王昌龄内心却深藏丝丝难以言状的抵抗,他拒绝让自己的眼瞳被权力的光辉填满,当他看到栖息在穹顶飞檐上悠闲自在的乌鸦,进而联想到那些依附在权力旁边且受其禁锢的宫女,心里生出一种怜悯且鄙薄的复杂反应。

这种反应,暴露了王昌龄内心对权力驯化的挣扎。或许,在想象的画面中,他是所有跪拜在地的臣子中,唯一敢悄悄抬起头偷窥帝王身姿的人。在他抬起眼睑的刹那间,看到背着朝阳迎面而来的君王之身影何其伟岸,一只乌鸦伴着君王飞了过来,这些昔日在边疆战场上见惯了的食腐动物,此刻却显得格外地神采奕奕。顿时,他醍醐灌顶似的明白了一些道理。探幽光鲜背后的晦暗,成了王昌龄写怨诗的惯常视角,如他的那首《闺怨》:

闺中少妇不知愁,春日凝妆上翠楼。
忽见陌头杨柳色,悔教夫婿觅封侯。

从"忽见陌头杨柳色"的行为观察,到"悔教夫婿觅封侯"的心理揣测,省略了少妇的神情刻画,有可能是王昌龄看到了她从兴致盎然到黯然神伤的明显变化,也有可能只是瞬间捕捉到了她眉宇间的微微一蹙。也许少妇自己都不清楚为什么会有这样的反应,甚至不曾想到此等反应会被旁人煞有介事地深入解读。相信她看到王昌龄的诗后,会有一种被洞窥的羞涩与惶恐,而其他的女子读了此诗后,则会由衷赞许,有一种暗遇知音的欣慰。

对他人心理的观察,往往是对自己内心的省察。很多怨诗表面上是感伤女子韶华易逝、青春难驻,实则是诗人感慨自己"冯唐易老,李广难封"。在权力主宰一切的年代,读书人的出路和那些幽居深宫的女子实际上并没有太大区别,渴求圣恩是他们最大的期盼。盼而不可得,便会生出怨,把怨表达出来,可以看作是诗人牢骚满腹的酸楚,

[唐]李昭道《明皇幸蜀图》

也可以看作是自我意识的觉醒。

当人们不再把宫殿作为神圣之地景仰膜拜,而是极力渲染"行宫见月伤心色,夜雨闻铃肠断声"、"夕殿萤飞思悄然,孤灯挑尽未成眠"等凄凉婉转的爱恨情愁时,便是君权祛魅化并走向衰弱的开始。在封建社会的专制统治下,权力主体想要获得安全感,唯有获取更大的权力,宫殿不过是令君权走向神秘化、极致化的宏大道具罢了。当百姓共同的心理基础没有了,哪怕再有威严感的建筑,也支撑不住权力体系的垮塌。和万里长城一样,宫殿作为有形的器物,永远也替代不了无形的人心。

孤云——闲爱孤云静爱僧

在古人眼里，云要比其他自然界的现象亲近得多，它不像天空那么浩渺，不像日月那么神秘，不像雷电那么骇人，就是飘在高处的一团雾气，不但看得见，还感触得到。"过桥分野色，移石动云根"、"荡胸生层云，决眦入归鸟"、"远上寒山石径斜，白云生处有人家"，这些诗句都是诗人登高之后对脚下云雾缭绕的实景观察，远比"老兔寒蟾泣天色，云楼半开壁斜白"、"云母屏风烛影深，长河渐落晓星沉"等描写青天冷月的诗句更情景化和生活化。

云，在诗中的意象因其形态而异。"青海长云暗雪山"中，云是堆叠的，既像汹涌的波浪，又似连绵的山峰，呈现

[宋]李唐《坐石看云图》

出排山倒海的气势。"溪云初起日沉阁"烘托了风起云涌、风云变幻的氛围,激生了心神不宁的莫测感。"万里云罗一雁飞"则描绘了蓝天下云儿轻柔如丝的宁静和旷远。而在所有的形态中,能让诗人移情眷恋、自喻咏怀的,只有万里晴空下孤零零飘着的云朵,如唐代诗人于武陵写的《孤云》:

南北各万里,有云心更闲。
因风离海上,伴月到人间。
洛浦少高树,长安无旧山。
裴回不可驻,漠漠又空还。

不知为何,诗人都不约而同地赋予孤云"闲"的品性,如李白的"众鸟高飞尽,孤云独去闲",陆游的"倚阑莫怪多时立,为爱孤云尽日闲"。或许在满屏的蓝天下,独自一团雪白,慢悠悠、轻飘飘,招不来风,也催不下雨,给人气定神闲、悠然自得的感觉。

对古代文人而言,闲算不上高雅的志趣,常常是不得已的选择,赋闲在家是他们仕途生涯中煎熬的岁月,所以杜牧在《将赴吴兴登乐游原一绝》中自我嘲讽了一番:

清时有味是无能,闲爱孤云静爱僧。

欲把一麾江海去,乐游原上望昭陵。

"清时有味是无能",多么深切的体会!对于多数在官场的人而言,会有一种"廉颇易老,李广难封"的岁月逼催感,连年纪轻轻的李贺都不禁慨叹"羞见秋眉换新绿,二十男儿那刺促",杜牧却把清闲的日子过得有滋有味,也难怪要反思自己的"无能"。

杜牧的祖父杜佑是三朝宰相,如果放在门阀士族还未完全没落的唐朝初期,杜牧即便个人毫无建树,也能依靠家世的庇荫出人头地,更何况其才资卓茂、文采斐然,二十三岁就写出了传世之作《阿房宫赋》。但是个人的命运起伏终究逃不过时代浪潮的左右,在杜牧生活的年代,科举制度已日臻成熟,成为国家选贤任能的重要制度,人才的供需关系发生了重大的变化。在原来"上品无寒门,

[元]姚廷美《有余闲图》

下品无士族"的传统下,治国理政之才只能从士族招募,而心高气傲的士族子弟未必看得上朝廷的一官半职,像东晋张翰因"莼鲈之思"而辞官返乡,"粪土当年万户侯"的并非少数,那时候朝廷经常是无人可用。实行科举制后,原有的身份壁垒被打破,大量的寒门跻身仕途,对原来的士族构成了极大的挑战。

虽然科举制度在清末被作为封建腐朽加以批判,但其诞生后的一千多年内对社会发展可说是居功至伟。它不仅解决了社会阶层的流动问题,还极大强化了中央集权。政治资本的代际传承变得微弱,个人努力对命运改变的作用逐渐凸显。原来甘当他人幕僚和门客的文人谋士都纷纷把"学得文武艺,货与帝王家"作为终身追求,举国的优秀人才涌向了朝廷,形成了稳固中央政权的官僚集团,构成了稳定社会的基石。

然而,在"学而优则仕"的激励下,文人学子的志向也发生了变化,原来穷首皓经是为了著书立作,如今十年寒窗是为了金榜题名。在实现了阶层跃迁,步入了权力的殿堂后,有人惊奇地发现,原来当官是实现一切抱负的最便捷之道,因此求官和升官成了他们一生奋斗的所有内容。他们渐渐地迷失了"志于道、据于德、依于仁、游于艺"的本心,让自己活成了除了官衔之外毫无建树的"楚之神龟"。但这些人似乎从不懊悔，因为有了官衔就拥有了一切。

唐朝是一个奇幻的朝代，既有门阀士族的末世狂歌，又有寒门文人的引吭高歌；既承接了魏晋的风流神韵，又建立了盛世的雍容华贵。名利场中活跃着名门望族、高官达人、文人墨客、游侠剑徒、和尚道士等各类人的身影。有人通过科场求得功名，有人则寄希望于权贵的举荐。像李白、杜甫、孟浩然等才高八斗的文人都纷纷拜谒名流，渴望一朝平步青云，但他们却多数都在求官路上铩羽而归。时兮？运兮？或许，对于已经趋于成熟的官僚体制而言，才不出众且易被驯化的人较受青睐，而才气太高的人容易恃才傲物，难以融入体制之内。

在京城为官数年，已近知天命之年的杜牧此时主动请求外放，面上的原因是京官收入太低，实则还是忍受不了清平时的"无能"。他知道自己已不再年轻，不能把时光

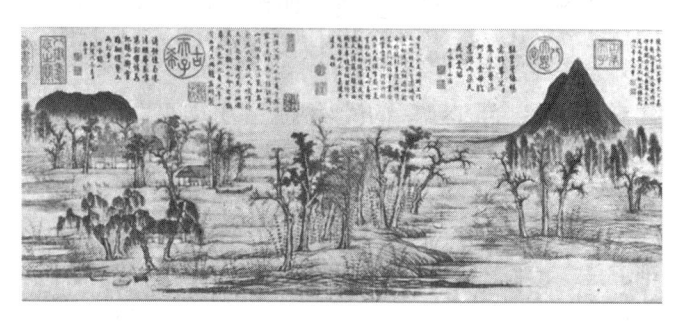

[元] 赵孟頫《鹊华秋色图》

浪费在"落魄江湖载酒行"的放浪中，所以要在奔赴湖州之前，登上乐游原，望一眼昭陵，表露一下到地方一展身手的决心。就在多年前，同样是面临外放，不过彼时的杜牧却是因受排挤而被贬黄州。临行前，他也曾登上乐游原并赋诗一首，诗中没有孤云，却出现了孤鸟：

长空澹澹孤鸟没，万古销沉向此中。
看取汉家何事业，五陵无树起秋风。

孤鸟的身影消失在高远无垠的晴空，时间像鸟儿飞行的轨迹，逐渐地远移淡去，最后留下空荡荡的荒古气息。看啊！曾经多么辉煌灿烂的汉朝，如今又能留下些什么，连帝王的陵园都草木衰败、秋风瑟瑟，那么地萧条冷清！诗中流露的情感完全不是李商隐"夕阳无限好，只是近黄昏"的留恋惋惜，而是延续他"南朝四百八十寺，多少楼台烟雨中"的一贯风格，看透历史的兴衰荣辱，以"但将酩酊酬佳节，不用登临恨落晖"的淡然洒脱游戏人间。

杜牧在风烛残年，反而一改往日"闲爱孤云静爱僧"的平淡知足，突然升腾起"欲把一麾江海去"的豪情壮志，难道是"十年一觉扬州梦"的觉醒，抑或是那个时代体制化的神工妙力？

黄河——黄河之水天上来

古诗词中的"长江"并非都是长江,有时泛指长长的江流。如王勃《秋日登洪府滕王阁饯别序》诗曰:"阁中帝子今何在,槛外长江空自流。"滕王阁位于江西省南昌市,距长江干流几百公里,诗中"长江"可能是指江西境内的赣江。再如杜甫《越王楼歌》:"楼下长江百丈清,山头落日半轮明。"地处绵阳的越王楼也与长江相去甚远,所以"楼下长江"应指绕城而过的涪江。

相较而言,古诗词中的"黄河"一般都指黄河,因为其颜色特征十分明显。"长"可以是"江"的常有属性,而"黄"只能是"河"的稀有属性。一条河常年是黄色,必须具备两个条件:一是水流急,二是沙源多。泥沙会在水中沉淀,如果水流不急,不能从河床和两岸冲起新的大量泥沙,河水便会在流淌过程中慢慢变清。

[宋]马远 《黄河逆流》

黄河何时变黄，其称谓何时出现，或许古文和古诗能提供一些线索。华夏民族自古以来就有"四渎五岳"之说，《史记·殷本纪》记载："东为江，北为济，西为河，南为淮，四渎已修，万民乃有居。"所以，黄河始称为河。到了东汉，班固所著《汉书》始有"黄河"二字，如《汉书·地理志》曰："沮水首受中丘西山穷泉谷，东至堂阳入黄河。"

黄河变黄的时间比其称谓起源还早。《左传·襄公八年》曰："俟河之清，人寿几何。"可见在春秋时期黄河之水就已浑浊不清。但是《诗经·魏风·伐檀》云："坎坎伐檀兮，置之河之干兮。河水清且涟漪。"春秋以前，黄河水还是有"清且涟漪"的时候。魏国分布在如今陕西和山西一带，其境内黄河水已流经黄土高原，又如何保持清澈呢？其间必是经历了生态演化的过程。

《诗经·邶风·谷风》云："泾以渭浊，湜湜其沚。"泾河和渭河是古北地郡的两条河，流经现在甘肃、宁夏、陕西三省。泾河在渭河的北侧，经过的沙地比渭河多，所以最后汇入渭河的时候便出现了泾浊渭清的现象，故有"泾渭分明"一说。杜甫《秋雨叹·其二》写道：

阑风长雨秋纷纷，四海八荒同一云。
去马来牛不复辨，浊泾清渭何当分？

禾头生耳黍穗黑,农夫田妇无消息。

城中斗米换衾裯,相许宁论两相直?

泾河每年流入渭河的沙量有3亿多吨,占渭河约5亿吨沙量的三分之二。渭河是黄河最大的支流,其流沙量又约占黄河16亿吨沙量的三分之一。可见黄河之"黄",渭河起了很大作用。如今,从航拍的图片看,以前的泾浊渭清刚好颠倒了过来,渭河比泾河要浑浊不少。这说明渭河几千年前比现在清澈许多,受人类活动的影响,泾渭流域不断沙化,而渭河流域的沙化程度比泾河流域要更为严重。黄河中上游土壤肥沃,交通便利,聚集了大量人口,过度开荒耕种导致草场大面积退化,改变了流域内的自然生

[明]王世昌《俯瞰激流图》

态,也改变了河水的颜色。

与长江相比,黄河的水量只有其十七分之一,但古诗中对黄河水流之急、浪之汹涌的描写,却比长江生动得多。"滚滚长江东逝水""大江东去浪淘尽",显得过于平淡,而"黄河之水天上来,奔流到海不复回"、"黄河落天走东海,万里写入胸怀间",读之令人心生激荡。不仅李白好在诗中想象黄河与天接壤,刘禹锡也是如此,如他的《浪淘沙》:

> 九曲黄河万里沙,浪淘风簸自天涯。
> 如今直上银河去,同到牵牛织女家。

当你站在辽阔的原野上,汹涌的河水从脚下奔腾而过,沿着黄河的上游望去,她像一条黄色的巨龙延伸至天际。你不知道她的源头在哪,只能想象在遥远的天涯,有一片水天交接的地方,哗哗的河水从银河倾泻而下,汇成一潭清池。池边坐落着一间小屋,绿荫丛绕,鸟语花香,正是牛郎织女的爱巢。

黄河流经青藏高原、黄土高原和华北平原,所以给了诗人站在平坦的原野上眺望黄河的视角,而长江经过的地方以峡谷为主,人们感受到的是"两岸猿声啼不住,轻舟已过万重山"的山水意境。南北水域的不同景观在古诗中到处可见：北方是"大漠孤烟直,长河落日圆",南方是"烟笼寒水月笼沙,夜泊秦淮近酒家";北方是"黄河远上白云间,一片孤城万仞山",南方是"孤帆远影碧空尽,唯见长江天际流"。

中国幅员辽阔,在地形地貌、气候温度、土壤植被等自然条件方面,南北差异较大,这种差异必然投射到社会文化上,所以禅分南北宗,诗分南北派,画分南北风,功夫也分南拳北腿。黄河与长江是华夏民族分布南北的两条文明带。从现有史料看,黄河文明发源较早,是中原文明的代表,而长江文明在春秋时期仍被排除在华夏文明之外,被视为蛮夷之族,直到出现了一位风云人物——楚庄王熊旅。

关于楚庄王的故事很多,其中"问鼎中原""饮马黄河"的典故最为大家耳熟能详。公元前606年,楚庄王出兵伐陆浑戎,陈兵于周国边境。周定王派使者王孙满慰劳楚庄王,楚庄王却向他打听周鼎之大小。王孙满回复很得体,他说：在德不在鼎。有德,鼎虽小也重；无德,鼎虽大也轻。所以"周德虽衰,天命未改。鼎之轻重,未可问也"。然而,那是一个讲霸权不讲道德的年代,楚庄王并没有被王孙满的说辞给唬住,而是向其他诸侯国频频展开攻势。公元前597年,楚国围攻郑国并打败前来救援的晋国,确立了"春秋五霸"的地位。最后,楚军班师回朝的时候,

[明]周臣《北溪图》(局部)

称要饮马黄河,一副长江边上的"野蛮人"跑来中原文明土地上撒泼耍横的德行。

英雄人物出场,架势都非同一般。有天降祥云式,夜梦白蛇式;有衔玉而生式,浪子回头式;有磨难渐悟式,脱胎新生式。然而,套路再多也不够用,有时得移花接木。像"不鸣则已一鸣惊人,不飞则已一飞冲天"的传说,在韩非子那里,主人公是楚庄王,在司马迁那里,主人公却成了齐威王。两人虽差了两三百岁,却有着相似的经历,都以声色犬马、荒废国事始,以励精图治、建立霸业终。其中,谏官起着至关重要的作用,楚庄王有苏从、樊姬;齐威王有淳于髡、邹忌。相比于男人们用智慧和巧言进谏,作为王后的樊姬用毅力和行动进谏,更值得敬佩。据说,她为了规劝楚庄王不要沉迷于狩猎而荒废国事,三年不肯吃禽兽之肉。白居易有诗赞曰:"有一愚夫人,其名曰樊姬。不有此游乐，三载断鲜肥。"

成就英雄，需要故事。有故事的感召，才会涌现出更多的英雄。不管楚庄王和齐威王借韬光养晦来辨察忠奸的故事是否真实，他们都应该感谢老祖宗留下的基业足够厚实，在那个礼坏乐崩、群雄逐鹿的年代，有的君王稍有不慎就成了刀下鬼或亡国奴，而他们却在折腾三年后还有东山再起的机会。历史给每个人的机遇是不一样的，在滔滔的历史长河中，有人随波逐流，有人浪遏飞舟；有人湮灭无闻，有人惊涛骇浪。时兮？运兮？人兮？不管答案如何，人类的精神永远需要启迪和引领，所以有关"圣人出，黄河清"的传说永不会落幕。

金井——金井梧桐秋叶黄

辘轳金井梧桐晚,

几树惊秋。

昼雨新愁,

百尺虾须在玉钩。

琼窗春断双蛾皱,

回首边头。

欲寄鳞游,

九曲寒波不溯流。

南唐后主李煜的这首《采桑子》据说是借写妇人遥想远方征夫,来表达其对入宋不归的弟弟的无限思念之情。诗人笔下的意境脱离不了他生活的环境,李后主长期被幽禁于宫苑之中,梧桐、庭院、金井、珠帘、玉阶这些孤冷清寂的物景自然成了他诗词最常咏怀的对象。如"无言独上西楼,月如钩。寂寞梧桐深院锁清秋"、"秋风庭院藓侵阶。一任珠帘闲不卷,终日谁来"、"子规啼月小楼西,玉钩罗幕,惆怅暮烟垂"。

如果说环境的随想是个人睹物思情的知觉反射,那么文化的联想则是群体赋物以情的意识协同。金井、梧桐、深秋,这几个看似没有关联的元素,常常被诗人不约而同地组合在一起,如王昌龄的"金井梧桐秋叶黄,珠帘不卷夜来霜",陆游的"砧杵敲残深巷月,井梧摇落故园秋",柳永的"晚秋天。一霎微雨洒庭轩。槛菊萧疏,井梧零乱惹残烟"。

水井,对我而言并不陌生。小时候全村共用一口井,一到日暮时分,井边便会聚集许多村妇和孩童,围在一起洗菜、浣衣,有说有笑,好不热闹。我印象中的井栏都是用斑驳的花岗岩砌成,时间久了,表面便长出一层薄薄的青苔。

不管是从材质上还是颜色上,"金"与"井"似乎都很难联系在一起,所以关于"金井"的由来令人费解。有人认为,宫中用大理石砌成的雕栏光滑洁白,在阳光照耀下金碧辉煌,"金井"由此得名。还有人引用《汉唐地理书钞》的说法,古代有金人以杖撞地而成井,深不可测,故有"金井"之称。我认为,金井一说与五行分不开,《易经》

[元] 佚名《百尺梧桐轩图》

云:"金生丽水",以金配井,寓意美好。

古人认为,井可栖龙,桐可引凤,所以在水井边种梧桐,以此来祈求龙凤呈祥。又由于梧桐枝粗叶茂,绿荫浓密,种于井边,遮阳纳凉,可以在烈日下守护井中那一汪清泉。多方面原因使得"碧梧金井"成了固定搭配,在古诗中时常成双成对地出现。

至于"秋",与金井和梧桐都有关联。秋五行属金,欧阳修在《秋声赋》中写道:"夫秋,刑官也,于时为阴;又兵象也,于行用金。"而梧桐叶落,则意味着秋天来临,古人云"梧桐一叶落,天下尽知秋"。如果说迎春是报春使者,迎春花一开,代表春回大地,那么梧桐就是报秋使者,梧桐叶一落,代表秋意袭来。

从金井、梧桐、深秋的关系,可以看出中国传统文化中根深蒂固的"感应"哲学,天地万物以一种复杂微妙的关系共生共存。最常见的就是用五行来统摄和类属各种事物,连音近字似的名称也能建立起特殊的对应关系,如蝠与福、鱼与余、材与财等。这背后是"道生一,一生二,二生三,三生万物"、"人法地,地法天,天法道,道法自然"等大一统的思想在起作用。既然万物都源自共同的母体,那么它们的生与灭、兴与衰、长与消便都恪守相同的准则,遵循普遍的规律。

古诗最大的魅力不在于文字有多华丽、音韵有多优美,而在于文化的感应力和穿透力。一个字、一个词、一个掌故,可能胜过千言万语,能在读者心中激荡起阵阵涟漪。如纳兰性德的《如梦令》:

正是辘轳金井,满砌落花红冷。
蓦地一相逢,心事眼波难定。
谁省,谁省。从此箪纹灯影。

我们不知道让纳兰性德如此心心念念的是哪口辘轳金井,但是必然由此想到李后主的《采桑子》,也必然知道接下来诗人的绵绵情思都是辘轳金井"惹的祸"。纳兰性德似乎对此物情有独钟,他的另一首词《明月棹孤舟》写道:"辘轳声断,昏鸦欲起,多少博山情绪。"也许某个清秋的早晨,金井旁那个摇动辘轳单薄且玲珑的身影,一直定格在他的脑海里,徘徊萦绕,挥之不去。

"满砌落花红冷",让人想起白居易《长恨歌》里"西宫南苑多秋草,落叶满阶红不扫"。"蓦地一相逢",则很自然地引出秦观的《鹊桥仙》"金风玉露一相逢,便胜却人间无数"。最后"从此箪纹灯影",也只有读了苏轼的"扫地焚香闭阁眠,箪纹如水帐如烟",以及黄庭坚的"桃李春

[宋]佚名《草堂消夏图》

风一杯酒,江湖夜雨十年灯",才会有更深刻的体会。簟纹灯影是天各一方彼此想念的记忆符号,在朦胧的灯影里,在凉沁的枕簟上,一切都变得模糊和遥不可及,只有那份相思一直清晰透彻、刻骨铭心。

客舍——客舍青青柳色新

我对古代客舍的固有印象，来源于一部电影和一首诗。电影是由李惠民导演、徐克监制的《新龙门客栈》，诗是王维的《送元二使安西》：

> 渭城朝雨浥轻尘，
> 客舍青青柳色新。
> 劝君更尽一杯酒，
> 西出阳关无故人。

在王维的作品中，这首诗可谓平淡无奇。前两句写景，没有如"明月松间照，清泉石上流"的精致布局，也没有像"返景入深林，复照青苔上"的禅境幽深。后两句抒情，与高适的"莫愁前路无知己，天下谁人不识君"和王勃的"海内存知己，天涯若比邻"相比，显得过于直白，缺少一些境界上的转折和升华。

[清]袁耀《茅店鸡声图》

然而，这首诗的可贵之处就在于平实，并非所有的送别都需要像酒一样深情浓郁，也可以像茶一样淡香清醇。

清晨拂晓、春寒料峭、细雨蒙蒙，两个友人在绿荫环绕的青青客舍中，于南来北往的芸芸众生中，温一壶酒，举杯相祝，没有豪言壮语，也没有诉愁煽情，只有言语朴实的劝酒和情真意切的提醒，这也许才是现实生活中无数聚散离合的真实场景。这幕场景你平时不会在意，只有在发生的那一刻，内心才会泛起波澜，就像舍外的朝雨、轻尘、青藤、柳色，这些关内司空见惯的景物，也只有在奔赴关外之前，才会让人格外在意、倍感亲切。

与现代酒店坐落核心商圈、规模宏大、功能齐全、设施完备的特点相比，古代的客舍纯粹就是游客行人落脚歇息的地方，所以在闹市之外，于僻静村落之中、荒郊古道之旁，也时常能见到孤野简陋的茶肆酒舍。毕竟古人没有便捷的交通工具，且城镇之间相隔较远，不能像现代人一样，可以连夜驱车、进城入宿，只能随遇而安、沿途便居，旅途上零星的休憩之地是他们及时的避风港。这些处所往往成为诗人一生中深刻的印象，如温庭筠的《商山早行》：

晨起动征铎，客行悲故乡。
鸡声茅店月，人迹板桥霜。

槲叶落山路，枳花明驿墙。

因思杜陵梦，凫雁满回塘。

此类诗被称为羁旅行役诗。旅行对今人而言，是放飞自己，是诗和远方，而在古人那儿，却成了"羁"和"役"的刑罚。也许在古代，旅行意味着背井离乡，意味着居无定所，一路上要忍受长途跋涉的艰辛，还要防范猛兽强盗的侵扰，所以古人相信"在家千日好，出外一时难"，实在需要出行，就少走夜路，尽量做到"未晚先投宿，鸡鸣早看天"。在这种情况下，我们也就能理解温庭筠为什么要早行，"鸡声茅店月，人迹板桥霜"的意境看起来很美，却透着旅途的辛楚和无奈。温庭筠的性情在诗中表现得还算节制含蓄，相比之下，黎廷瑞的《客舍》就全然不顾"哀而不伤"的古训：

门前苍耳与人齐，屋后青蛙作鬼啼。

风雨潇潇天正黑，披衣不寐听鸣鸡。

客舍门前苍耳如海，在风雨交加的夜晚，像巨浪一样起伏涌动，可以想象这个地方是多么荒凉和苍莽。我由此联想到了《新龙门客栈》，只不过屋舍的周遭不是苍耳，

客舍——客舍青青柳色新

[宋]范宽《溪山行旅图》

而是漫无边际的黄沙。为什么有人会在这样的地方建客栈？又有哪些人会到这样的客栈入宿？客栈的日常所需从哪里来？类似的问题引起我的好奇。俗话说："有人的地方就有江湖，有江湖的地方就有风波。"客舍是各色人物风云际会的地方，在那一个个格子间里隐藏着很多故事，把这些故事记录下来势必比任何小说都更精彩。美国著名导演韦斯·安德森拍了一部影片《布达佩斯大饭店》，便是以礼宾员古斯塔夫的观察视角，叙写了一系列荒诞见闻和传奇经历，见证了欧洲半个世纪间的战火硝烟和沧海桑田。

将《易经》的乾卦和坤卦做对比，会发现一个有趣的现象。乾卦的卦辞很简单——"元，亨，利，贞"；而坤卦的卦辞则复杂许多——"元，亨，利牝马之贞。君子有攸往，先迷；后得主，利，西南得朋，东北丧朋。安贞吉"。乾卦的默认语境只有一个主角，"元""亨""利""贞"都是对主角而言。而坤卦中则有了主客之分，卦辞中"得主""得朋"意味着客与主的身份转换。人生在世，谁也逃脱不了主与客的对立身份，就像作用力和反作用力永远同时存在。只不过大多数人过于执着于主人的身份，疯狂地追求主宰的力量，却忘了阿拉丁神灯中的精灵虽然无所不能，却同时也是他人有求必应的奴仆，当精灵被主人释放后，他的超凡能力也消失了。

客舍是每个人的需要,对身边的一切过于熟悉,会让我们的心灵变得迟钝,只有让自己置身于完全陌生的所在,不用因与身边的人和事有千丝万缕的联系而费尽心机,不用因试图安排和掌控一切而殚精竭虑,我们才能清空已有的成见,放下既往的包袱,让自己成为内心的主人。

美人——美人如花隔云端

关关雎鸠,在河之洲。

窈窕淑女,君子好逑。

参差荇菜,左右流之。

窈窕淑女,寤寐求之。

求之不得,寤寐思服。

悠哉悠哉,辗转反侧。

参差荇菜,左右采之。

窈窕淑女,琴瑟友之。

参差荇菜,左右芼之。

窈窕淑女,钟鼓乐之。

《诗经》首篇《关雎》不仅是描写美人的经典之作,还是文人可以堂而皇之追求美人的道德据点。既然孔圣人都认可"窈窕淑女,君子好逑",其他人为美色所动还有什么好遮遮掩掩的?其实,《诗经》中欣赏女性之美的诗句屡见不鲜,如:"有女同车,颜如舜华。将翱将翔,佩玉琼琚。"再如:"蒹葭苍苍,白露为霜。所谓伊人,在水一方。"或许在农耕社会,男女共同劳作之时互递秋波,彼此倾慕,碰撞出情感的火花,就像现在的职场恋情或都市爱情故事一样司空见惯。

孔子所处的年代,思想教化还未大行其道。没有繁文缛节的装点，社会交往的方式比较直截了当，很多话题还都是开放的，其中就包括令今人难以启齿的"饮食男女"。此时，一本正经的儒家对人性的阐释还是比较诚实的，如《礼记》云："饮食男女，人之大欲存焉。"孔子曰："吾未见好德如好色者也。"

春秋时期的开放并非没有文化的平民百姓之专属，宫廷贵族也如出一辙。《史记》中绘声绘色地记载了秦国宣太后如何以房事比喻国事，拒绝韩国使者尚靳请派援兵的故事，以至于清代著名文人王士禛在《池北偶谈》中怒批道："此等淫亵语，出于妇人之口，入于使者之耳，载于国史之笔，皆大奇。"

令人遗憾的是，许多教义，在其创立伊始都以突破条条框框为使命，到了鼎盛时期却背离初心，设立各种条规戒律，借此来树立并维护自己的权威。有如儒家之礼教文

[唐] 张萱《虢国夫人春游图》

化,于古代社会越末期而越封闭,男女话题逐步演变为挑战礼教正统的禁忌。然而,那些冠冕堂皇的禁忌虽压抑了人性的自然舒展,却难以阻挡其曲折的生长。

碍于礼教的束缚,诗人们矜于不加掩饰地赞颂美人,但是对她们的关注却不曾消减,只是悄悄地把视角由爱慕转变为垂怜,因此宫怨、闺怨诗在唐朝风靡一时,如李白的《怨情》:

> 美女卷珠帘,深坐颦蛾眉。
> 但见泪痕湿,不知心恨谁。

其实,像李白这样狂放的诗人,并不太把儒家正统放在眼里,就像他诗中所说:"我本楚狂人,凤歌笑孔丘。"李白垂怜美人,捕捉她们内心的幽怨,不过是赶一时之时髦,他笔下的美人基本都是艳丽华贵、珠围翠绕的形象。如那首著名的《清平调》:

> 云想衣裳花想容,春风拂槛露华浓。
> 若非群玉山头见,会向瑶台月下逢。

诗中的杨贵妃被李白生花的妙笔烘托到了极致,云、花、露、玉山、瑶台、月色、仙女、嫦娥，各种华美的元素都融入诗里，只为渲染出倾城倾国的效果。然而，转眼间，"渔阳鼙鼓动地来，惊破霓裳羽衣曲"，举国倾慕的美人一下子成了万夫所指的红颜祸水，以至于"六军不发无奈何，宛转蛾眉马前死"。男人们集体投票，用一个弱小女子的生命来粉饰朝廷的颜面。

杨贵妃之后，文人笔下的美人多是负面形象。围绕在帝王身旁的女色，常常被描绘成蛊惑君心、祸国殃民的历史罪人；连街头客栈的歌伶舞伎也要无端地为国家的衰亡背上骂名，如杜牧的《泊秦淮》：

> 烟笼寒水月笼沙，夜泊秦淮近酒家。
> 商女不知亡国恨，隔江犹唱后庭花。

杜牧不去指责那些歌舞升平的权贵，却迁责卖艺维生的商女，实在不近人情。虽然多数人更愿意将其解读为诗人是借商女讽权贵，但是此等将女性作为幌子绕开敏感话题的做法实在不算高明，它只会加重人们对女性的偏见，而忽略对家亡国破背后原因的深思。

将美人"品格化"是对女性形象的歪曲，而将品格"美人化"却是另外一番气象。屈原最喜欢用香草美人自喻，一方面表达自己怀才不遇的苦闷,另一方面抨击政敌颠倒是非、残害贤能的卑劣品行。如"惟草木之零落兮,恐美人之迟暮"、"众女嫉余之蛾眉兮,谣诼谓余以善淫"等诗句,皆是借说美人以谈政治。在他眼里,君与臣,就像夫与妇,不受君主器重的臣子,犹如失宠的弃妇。读屈原的诗歌,便能够理解他为什么不能像同时期的士人那样,周游列国,游说四方,寻找可以施展才华的地方。

因诗取兴,引类譬喻。在诗歌中以美人象征美好的事物,是把人作为审美对象的天性使然。西方最早的雕塑和绘画作品多数以展现人的形体之美为题材,而中国早期文学作品中也有不少专注于美人形貌的佳作,最具代表性的便是曹植笔下的洛神:

> 其形也,翩若惊鸿,婉若游龙。荣曜秋菊,华茂春松。髣髴兮若轻云之蔽月,飘飖兮若流风之回雪。远而望之,皎若太阳升朝霞;迫而察之,灼若芙蕖出渌波。秾纤得衷,修短合度。肩若削成,腰如约素。延颈秀项,皓质呈露。芳泽无加,铅华弗御。云髻峨峨,修眉联娟。丹唇外朗,皓齿内鲜,明眸善睐,靥辅承权。瑰姿艳逸,仪静体闲。柔情绰态,媚于语言。奇服旷世,骨像应图。披罗衣之璀粲兮,珥瑶碧之华琚。

美人——美人如花隔云端

[元]卫九鼎《洛神图》

戴金翠之首饰,缀明珠以耀躯。践远游之文履,曳雾绡之轻裾。微幽兰之芳蔼兮,步踟蹰于山隅。

中西文化的差异导致了审美的不同取向,西方一如秉持"上帝归上帝,恺撒归恺撒",在文学和艺术的道路上,并不因为人类欲望容易受到诱惑而刻意贬低形色的审美价值。在他们看来,人类堕落的灵魂需要拯救,形色世界是人类致敬和向往神灵,并无限趋近于理想世界的一个通道,所以裸露且完美的躯体,成了画家和雕塑家赞颂神灵的普遍题材。

在儒家传统的价值观中,沉溺于形色世界是无法控制欲望、品格沉沦的一种表现。文人们惧怕遭受声色犬马、玩物丧志的道德指责,竭力用精神统摄和升华外在的东西,审美逐步走向抽象化、意境化和哲学化。中国山水画中的人物越来越小,成了可有可无的点缀;原来的丹青绚烂不再受推崇,黑白淡雅演变为主流。不拘泥于形状,不钟情于颜色,画家用残秃的毛笔皴擦,用混沌的水墨晕染,使得画中的景物看起来像又不像,不像又像,全靠读者心领神会。

偶读司马相如的《美人赋》,初看篇题本以为是一篇赞颂美人的美文,细读后才发现是作者极尽能事地夸自己受美人诱惑而"临危不乱",做到"脉定于内,心正于怀,信誓旦旦,秉志不回"。文章读罢,突然想起一首通俗歌曲中老和尚对小和尚的叮嘱:"山下的女人是老虎,遇见了千万要躲开。"不禁会心一笑。

女墙——夜深还过女墙来

在古代，城墙很厚，分内墙外墙，墙顶很宽，可以走人跑马。墙顶上，沿着内墙一侧筑起矮墙，主要为防跌落之用，称为女墙；沿着外墙一侧，筑起凹凸墙垛，为作战时防御之用，称为雉堞或粉堞。

除了城墙，还有宫墙、府墙、院墙等各种形式的物理隔离。古人对空间的认识，比之今人有着更强烈的界限感。墙另一头的世界新鲜而神秘，就像苏轼在词中所写："墙里秋千墙外道，墙外行人，墙里佳人笑。笑渐不闻声渐悄。多情却被无情恼。"墙内墙外、秋千路道、行人佳人、多情无情，一墙之隔的笑声，却是两个陌生所在的不同感受。

在古诗词中，我们经常能察觉出诗人墙里墙外不一样的视角。在墙外，望见的是粉堞的雄壮巍峨，如杜甫《秋兴八首·其二》：

[明] 仇英《清明上河图》（局部）

夔府孤城落日斜,每依北斗望京华。
听猿实下三声泪,奉使虚随八月查。
画省香炉违伏枕,山楼粉堞隐悲笳。
请看石上藤萝月,已映洲前芦荻花。

在墙内,看到的是女墙的宁静安详,如刘禹锡的《金陵五题·石头城》:

山围故国周遭在,潮打空城寂寞回。
淮水东边旧时月,夜深还过女墙来。

刘禹锡的这首诗开创了全新的意境,之后很多诗词都受他的影响,常常把女墙和月色写到一起。"淮水东边旧时月",是什么时候的明月?三国东吴时期、春秋吴越时期,或者更早?时间悠悠,星辰依旧,岁月无痕。"夜深还过女墙来",城墙挡住了千军万马的进攻,却挡不住时间的侵蚀。当诗人仰躺在墙脚下,望着墨蓝的天空,一轮明月悄无声息地飘过女墙围挡而成的天际线,默默地拂照着城里的一切。他心中顿时明了:眼前的明月见证了舞榭歌台、桨声灯影,见证了战火硝烟、筯悲笛怨,繁华也好,萧索也罢,一切都已是过眼云烟。

[清]冯宁《金陵图》(局部)

我很喜欢刘禹锡的诗,它隐隐积蓄着一股时空的穿透力,读起来很有历史的豁达感。如"旧时王谢堂前燕,飞入寻常百姓家"、"沉舟侧畔千帆过,病树前头万木春"。能看透世事浮沉、衰荣更替,实属不易,而看透之后,对自己的境遇能云淡风轻、泰然处之,更是十分难得。

唐朝的第十一个皇帝唐宪宗继位之后,先前辅佐唐顺宗的改革派纷纷落罪,刘禹锡被贬朗州(今湖南常德)任司马。在被流放十年之后,得以奉诏回京,他没有被打压得噤若寒蝉,却写了一首诗,题为《元和十一年自朗州召至京戏赠看花诸君子》:

紫陌红尘拂面来,无人不道看花回。

>玄都观里桃千树，尽是刘郎去后栽。

这首诗的题目和内容都很直白。题目点名了"戏赠"，说明这是一首嘲讽诗。最后一句"尽是刘郎去后栽"，高傲的姿态表露无遗。他以玄都观的桃树比喻新得宠的权贵，好像当着他们的面嗤之以鼻道："有什么了不起！我在朝辅政的时候，你们都不知道在哪里呢！"刘禹锡为这首诗付出了惨重的代价，新贵们立刻进行了报复，设法把他放任到更远的连州（今广东连州）。

又过了十多年后，再度回到京城的刘禹锡，虽已年过半百，仍倔强未改，写下了《再游玄都观绝句》：

>百亩庭中半是苔，桃花净尽菜花开。
>种桃道士归何处，前度刘郎今又来。

刘禹锡既叹问"归何处"，又宣称"今又来"，活脱脱"王者归来"的风范。流放的岁月没有把前度刘郎压垮，反而练就了他的霸气。或许，当年面对强权他无能为力，只有文字聊以慰藉。经历了岁月的洗礼，曾经不可一世的强权灰飞烟灭，而那些暗夜里闪耀着思想光芒的文字照亮了历史的天空。

对待不幸的遭遇不但要看得透,还要想得开、放得下。刘禹锡的好友柳宗元虽然也能看透时局,但就是想不开、放不下。他心心念念想回京城而不可得,内心一直挣扎于痛苦的泥潭之中。那首唯美的《江雪》——"千山鸟飞绝,万径人踪灭。孤舟蓑笠翁,独钓寒江雪"——不是自然景观的描写,而是孤独心灵的映像;不是天寒地冻冰封了诗人的心,而是诗人心中的凄凉传导给了锦绣山河,天地之间骤然苍茫一片。

[明]吴伟《寒江独钓图》(局部)

柳宗元四十六岁逝于柳州,比刘禹锡少经历了二十多年的世事变迁。他看不到飘过女墙的旧时月,也看不到玄都观的花开花落,更看不到百舸争流和万木竞春的景象。两位诗人的不同境遇,让人感受到世间的悲凉,也让人感受到世间的温暖。

玉阶——玉阶寂寞坠秋露

对于有过进宫朝拜经历的官员而言，玉阶丹墀可能是他们一生都抹不掉的记忆。上朝的官员们步入高大雄伟、卫兵林立的宫门，快步穿行在广场中长着青苔的方形地砖上，随着朝靴踏上汉白玉砌成的宽阔石阶，祥云游龙的浮雕丹墀映入眼帘，他们意识到自己离至高无上的权力越来越近。此时，每个人的心都在"怦怦"地跳，不是因为身体运动导致心律加速，而是过度紧张引发血压变高。登上这些玉阶，迎面而来的可能是天恩雨露，也有可能是雷霆震怒，个人命运的风云突变就在顷刻之间。

［清］任熊《瑶宫秋扇图》

也许，很少会有官员有心思去欣赏他们白日里一路攀爬朝堂时沿途的风景，只有当晚上回到府邸，安静地躺在后花园的藤椅上，整理一天杂乱的思绪时，他们才会想到自己走过的路,脑海里才会浮现起那白得耀眼的玉阶。然而,莫名其妙的是,他们并不愿回味彼时的真实感受,而是奇幻般地构思了与现实截然相反的一幅画面:冷月下洁白的玉阶泛着寒光,照在女子清瘦的脸上,她那悲伤的眼神在暗夜中显得格外玲珑剔透,似白露冰凉,如流萤闪烁,没有人猜得透她心里在想什么。

对于玉阶,古代诗人不约而同地选择了幽怨的视角,从南北朝的谢朓,到唐朝的李白,再到明朝的刘基,都选择用珠帘、流萤、白露、青苔这些孤冷的景物来烘托寂寥悲凉的气氛。隐藏其中的主人公显然不是玉阶之上辉煌宫殿的主人,她们只是栖寄于此,像珠帘一样羞涩、像飞虫一样弱小、像露水一样短暂、像青苔一样卑贱。

玉阶怨(谢朓)

夕殿下珠帘,流萤飞复息。
长夜缝罗衣,思君此何极。

玉阶怨(李白)

玉阶生白露,夜久侵罗袜。
却下水晶帘,玲珑望秋月。

玉阶怨（刘基）

长门灯下泪,滴作玉阶苔。

年年傍春雨,一上苑墙来。

我一直好奇,古代诗人是以何种心态来写这些以宫女之幽怨为主题的诗词呢?有一种观点认为,诗人看到被皇帝冷落的妃子,萌生出同病相怜的情愫,于是借怜惜对方来表达怀才不遇的愤懑。就像屈原经常以美人自喻,他在诗中把朝堂上受排挤的境遇比作他人对其美貌的嫉妒。古语云:"诗以言志,歌以咏怀,文以载道。"宫怨诗,哪怕作为消遣之作,也多是有感而发,而非无病呻吟。所以,上述

［宋］刘松年《嫦娥月宫图》

观点似乎有几分道理。然而,单纯用政治抱负来解读创作动机,未免把诗词的文学创作想得太庸俗了,而且也无法解释这些诗词为何能传唱千年,并深受各种身份的读者的喜爱。

凡值得怜惜的东西都被认为是美的,所以当诗人把目光聚焦于失宠的宫女身上时,不管其笔触有多含蓄委婉,还是暴露了他们的审美取向。现在的人也许百思不得其解,为何才华横溢的诗人偏偏青睐于这些被幽禁深宫、愁云惨淡的女子,哪怕与她们不曾谋面,更别提互诉衷肠,却能像知己一般,洞察她们的内心世界。由此,我想到了常在古诗中出现的美人——嫦娥,其身世境遇似乎能说明一切。这位倾城女子,本为帝妃,因遭权力的遗弃,只能住进广寒宫,孤苦伶仃地以玉兔为伴。比之深宫凡女,她唯一可以庆幸的是能够容颜不老、青春永驻。

嫦娥代表了什么样的女子形象,恐难以武断地给出一个准确的结论。然而,有一点毋庸置疑,那就是她对痛苦现实的忍耐和不幸命运的顺从。李商隐诗云:"嫦娥应悔偷灵药,碧海青天夜夜心。"显然,神话的作者只想让嫦娥"夜夜心"地煎熬下去,并不曾想让她有"夜夜行"的抗争行动。相比之下,古希腊神话中的普罗米修斯,同样犯有偷盗行为,同样得罪了天神,被囚禁在高加索的悬崖上,却最终被大力神赫拉克勒斯解救,重新获得了自由。

弗洛伊德说:假如人生活在一种无力的痛苦中,就会转而爱上这种痛苦,把它视为一种快乐,以便使自己好过一些。有一些痛苦可以堂而皇之地加以美化,如贫穷,我们可以用"穷且益坚,不坠青云之志"赋予其崇高的寓意。但有一些痛苦,无论如何粉饰,还是痛苦。所以,当诗人们在烈日暴晒下,俯首跪拜在玉阶上,等候皇帝的召唤时,豆大的汗滴浸湿了朝服,在双掌前的石面上留下一团印迹,这些不堪的经历无论如何也转化不成富有美感的画面。但如果把画面切换成《玉阶怨》所描绘的情景,将烈日换成冷月,朝臣换成宫女,汗水换成泪水,虽然画风显得凄凉哀怨,却有一种自怜自艾的美。

白居易的《琵琶行》以"座中泣下谁最多?江州司马青衫湿"收尾,这才是通篇诗歌的点睛之句。洋洋洒洒六百一十六字,非写琵琶曲,乃写司马泪。古诗词中的女子题材,细细品读,原来多半是浇灌诗人心中块垒的杯中酒。

玉门关——春风不度玉门关

在古代，没有一个边关能像玉门关那样，如此鲜明且高耸地屹立成民族的精神坐标；也没有一个地名能像玉门关那样，被诗人如此频繁且热血地提及和歌颂。

> 黄河远上白云间，
> 一片孤城万仞山。
> 羌笛何须怨杨柳，
> 春风不度玉门关。

王之涣的这首《凉州词》一直让我不解，明明前两句描绘了有如海市蜃楼的人间仙境，为什么后两句急转直下，瞬间涌出一股幽怨的凄凉，似乎迈出玉门关一步，就进入了人迹罕至、寸草不生、毫无生气的化外之地？后来读了李白的《关山月》，"长风几万里，吹度玉门关"，更心生困惑：难道关内春风不度，是因为关外长风太盛，导致了长风压倒春风？

读唐朝的边塞诗，有一种时空的隔离感，对诗中创造的意境，只能借助文字来理解，难以用需要身临其境的知觉来领略。今人如此，去唐朝不远的宋人也是如此。范仲淹率军与西夏作战时写过《渔家傲》，其词句"四面边声连角起，千嶂里，长烟落日孤城闭"，读之不过尔尔，虽有战争的画面,却无边塞的味道。辛弃疾军旅生涯的佳作《破阵子·为陈同甫赋壮词以寄》,"八百里分麾下炙,五十弦翻塞外声。沙场秋点兵",场面纵然壮阔,可惜缺少那种雁飞胡天、黄沙卷地的苍茫感。

唐朝开疆扩土,久居中原的诗人可以深入游牧民族的腹地,领略西域的风景。长云、雪山、孤城、戈壁、绿洲、沙漠,给了他们崭新的视觉体验,与此同时,生存的艰辛、战争的惨烈、命运的不测、故乡的思念,又深深地困扰着他们。在情感充沛的诗人眼里,景物是心灵的映像、精神的具象,所以在边塞诗中,月是久远的、云是厚叠的、山是险峭的、城是孤冷

[明] 唐寅《关山行旅图》

的、风是刺骨的、沙是铺天盖地的……作为守望者和见证者的玉门关，则刚毅冷峻、沉默不语。

　　青海长云暗雪山，孤城遥望玉门关。
　　黄沙百战穿金甲，不破楼兰终不还。

　　当年，王昌龄站在玉门楼上，看着一行浩浩荡荡的军队从关门穿梭而过，他们身上的铠甲已被泥沙锈成土色，甲片的撞击声虽然整齐，却略显低沉。往军队行进的方向望去，大片云朵遮住了太阳，云缝中照进来的光柱像万把利箭，直射被白雪覆盖的岩崖。在云影的笼罩下，山的那一头虽然昏黑静寂，却隐隐透着一股阴沉沉的杀气，看来一场苦战就在眼前。

［元］刘贯道《元世祖出猎图》

描写战争激烈、讴歌将士壮烈,离不开场面化的渲染,但是辽阔的长云雪山和坚固的孤城边关背后,是无数鲜活生命的故事,他们不应都被符号化为整齐划一的冰冷铠甲。王翰的《凉州词》,向我们传递了将士们除了英勇之外,那放任率真的一面:

葡萄美酒夜光杯,欲饮琵琶马上催。
醉卧沙场君莫笑,古来征战几人回?

我们不知道这是战争临行前的一次盛宴,还是宴会中一次匆忙的战斗集结,总之,将士们没有浪费这次豪饮的机会,以至于东倒西歪地醉倒在战场上。放浪形骸、放纵恣意,不是文人骚客的专利,对于随时可能洒血疆场的将士而言,他们更懂得"今朝有酒今朝醉"的珍贵,更明白不管是醉倒还是卧倒,战场很有可能是最终的归宿。王翰用细腻的笔触写出了将士们真实的内心世界。除了集体的使命和荣誉之外,他们也需要用极具个性的行为来留下自己的印记。也许相比于沙场上无数次战争机器式的搏杀,那次自在自为的任性狂饮,更能证明自己来过、活过、精彩过。

堂前燕——旧时王谢堂前燕

> 朱雀桥边野草花，乌衣巷口夕阳斜。
>
> 旧时王谢堂前燕，飞入寻常百姓家。

读刘禹锡的《乌衣巷》，有一种跟随着镜头，与诗人一起游历古迹的临境感。置身于昔日英雄会聚、冠盖云集的尊贵之地，如今只看到"斜阳草树、寻常巷陌"，不禁令人嘘唏。"旧时王谢"，曾几何时，风光无限，连他们家堂前的燕子都令人艳羡。然而"风流总被雨打风吹去"，或许在明白了一切繁华终将"零落成泥碾作尘"后，也不必对兴衰更替和世事无常过于耿耿于怀，还是让自己的思绪，在那花开花谢、燕来燕往的岁月中静静地流淌。

"王谢"是东晋时期叱咤风云的两大家族，唐朝文人羊士谔诗中赞道："山阴路上桂花初，王谢风流满晋书。""王"指琅琊王氏，以王敦、王导兄弟为代表，其在世时权势如日中天，几乎与皇帝平起平坐，被唤作"王与马，共天下"。"谢"指陈郡谢氏，谢安是灵魂人物，其领导的淝水之战，使苻坚"投鞭断流"的八十万大军从此一蹶不振，谢家也由此步入了鼎盛时期。王氏与谢氏还通过联姻建立了同盟关系，地位之显赫无可望其项背，即便东晋灭亡后，他们仍作为顶级望族维续了数百年之久。

魏晋时期，与春秋战国有些相似。君权衰微，群雄逐

[明]郭诩《东山携妓图》

鹿,既有统治势力"城头变幻大王旗"的纷乱无常,又有英雄人物"你方唱罢我登场"的精彩纷呈。那个年代,分封建制已退出历史舞台,门阀士族取代诸侯列国,成为政治权斗的主要力量。家族是最可靠的纽带,是礼坏乐崩背景下,建立并维系彼此信任和依托关系最廉价的选择。掌控了政治、经济、文化等资源的士族子弟,不用为五斗米折腰,不用"朝扣富儿门,暮随肥马尘",他们可以最大限度地解放身心,进入极度自由的状态,可以"悟言一室之内",或"放浪形骸之外",去探索宇宙的玄奥和生命的真谛。

我们常说"晋风唐韵",晋代士人的风骨与文人的傲骨有着本质的区别。孔子曰:"子欲善,而民善矣!君子之德风,小人之德草,草上之风必偃。"风无形无色,却又无处不在,无孔不入,它对万物的作用,就像君子的德行之于人心,无微不至且不易察觉。晋人的风骨是其身上散发出的独特气质,他们笃守自己信奉的准则,不为俗世的规则所羁绊,以特立独行的处世风格,为后人开启高山仰止的行为范式。而文人的傲骨则因其才气太盛,表现出对凡人俗物和陈规陋习的傲视和不屑,他们具有超时代的远见却不被同时代的人所接受,理想与现实的矛盾是激发他们傲气的原生动力。因此,风骨与傲骨最大的不同,在于前者是时代的开创者,后者是时代的批判者;在于前者不求诸世而求诸己,后者抗争于世,是为了证明自己。

"旧时王谢堂前燕,飞入寻常百姓家"让我想起了韩翃《寒食》的一句诗:"日暮汉宫传蜡烛,轻烟散入五侯家。"诗的功能主要有四:写景、记事、抒情、喻理。能在一首诗

[元] 钱选《王羲之观鹅图》

内,把这四种功能寓于其中,《乌衣巷》和《寒食》是难得的佳作,尤其颈联和尾联看似写景和记事,实则抒情和喻理,过渡十分自然,没有一丝生硬的痕迹。其实,仔细推敲,我们会发现自己终究是被诗人的神来之笔给欺骗了,因为飞入寻常百姓家的堂前燕不可能从"旧时王谢"穿越而来,散入五侯家的轻烟在白天尚且看不清楚,何况是日暮时分。所以一切的景象不过是诗人的主观臆想,他们把想象的虚景巧妙地嫁接到观察的实景中,实现了意境的升华。相比之下,那些机械地拼凑各种掌故的诗词,让我们感觉到的除了假还是假,作品传递的感情是难以打动读者的,有如宋代吴激的《人月圆·宴北人张侍御家有感》:

南朝千古伤心事,犹唱后庭花。
旧时王谢、堂前燕子,飞向谁家。
恍然一梦,仙肌胜雪,宫髻堆鸦。
江州司马,青衫泪湿,同是天涯。

堂前燕给我的感怀不是世事的无常,而是社会的变迁。记得小的时候,我家门前屋檐下也有一个燕子精心筑成的窝巢。每年秋天,这一窝燕子都会南飞,春天的时候准时归巢。父亲对这些小邻居们倍加呵护,不允许它们受到任何的惊吓,因为他相信燕子在家里筑巢是件吉利的事情。

大概在我十岁的时候,这年春天,我们没有等到燕子的归来。一开始还猜测是春天回暖较晚燕子回程也晚的缘故,可是春天过去了,屋檐下的燕巢仍是空荡荡的。父亲一直以为是厅堂前的院子搭起了柴火间,炊烟把燕子赶跑了。其实,那时候的家乡已开始了城镇化建设,很多农田和池塘都变成了工地。也许是生态环境的改变,让燕子另觅安静宜居的住所去了。也许是它们在迁移的途中,没能征服遍地工业化造成的生存挑战。

如今,社会的变迁完全超出了古人的想象,李贺诗中所云"南风吹山作平地,帝遣天吴移海水",是对自然环境沧海桑田之巨变的赞叹,他却没有意识到人类社会形态翻天覆地的变化更值得惊讶。每次回到家乡,看着村里一群耄耋之年的老人,还如同我童年时候那样,几十年如一日地聚在一起唠嗑、打牌、晒太阳,把时间过得十分舒缓,总觉得他们活在世外桃源中。然而,这些老人也有烦恼,他们的伙伴在减少,有的已经去世,有的则随子女搬到别处去了。

对年轻人而言,不管住进城里的公寓楼,还是住在农村的自建房,他们的生活方式与在大城市没有本质区别,每天生活的重心就是孩子,忙着带小孩跑各种辅导班。家里老人在本该颐养天年的时候,却跟着子女忙得团团转,为孙辈不输在起跑线上操碎了心。这画面与古代社会四世同堂、长幼有序、亲疏有分的宗族生活相去甚远。

古代的家是一个小社会,国是一个大社会,能把家治理好,也就能把国治理好,所以说"齐家治国平天下"。在一个大家族里,要让其运转有序,最为简单又直接有效的治理手段就是家长制。当家长制被立为道德正统后,越是拥护家长权威的人越"孝顺",也越容易得到来自国家的正向反馈,所以催生了"举孝廉"制度。家推而广之是国,孝推而广之是忠,国家的人才选拔和家族的人才输送被紧密地结合在一起。将家族经营壮大并使之声名远扬,是跻身于国家政治舞台的重要资本,门阀士族就是这样兴起的。

除了忠与孝,许多传统的价值观都与时代背景下的政治和文化制度密切相关,而这些被奉为传统美德的精神财富,在家庭已经被解构成"微单元"、家长制被视为落后的观念受到批判、世俗伦理的道德评价功能严重弱化等时代问题的冲击下,该如何维持认同和共识,又该如何延续和传承,是一个难解的命题。

桃花源——桃花流水窅然去

我一直以为,陶渊明描绘的世外桃源并不是人们所称道的理想社会,恰恰相反,那种复归自然、退回初始,自给自足、避世独处的生活方式,看上去有点儿缺乏理想。他在《桃花源诗》中畅想:

> 相命肆农耕,日入从所憩。
> 桑竹垂余荫,菽稷随时艺。
> 春蚕收长丝,秋熟靡王税。
> 荒路暧交通,鸡犬互鸣吠。
> 俎豆犹古法,衣裳无新制。
> 童孺纵行歌,班白欢游诣。
> 草荣识节和,木衰知风厉。
> 虽无纪历志,四时自成岁。
> 怡然有余乐,于何劳智慧。

陶渊明认为上古社会的人们少私寡欲,不争不抢,自食其力,和谐自洽,但他没有意识到那是一个接近于动物生活着的世界,物质生活只能最低限度地满足生存需求。因为物质剩余不多,人口数量维持在较低水平,人们私有财产的观念比较淡薄,因物质占有而引发的冲突也比较少。然而,社会是动态发展的,物质变多了,人口增长快了,争

[明] 沈周《落花诗意图》

抢和"内卷"也就越来越激烈。当相忘于江湖的状态难以再维持下去,相濡以沫或相煎何急,就会成为社会的常态。

　　世外桃源与儒家倡导的大同世界有着显著的不同,《礼记·礼运》开篇:"大道之行也,天下为公,选贤与能,讲信修睦。"这几句话言简意赅地阐释了经济、政治、文化的制度框架。天下为公,财富全民所有;选贤与能,推行贤人政治;讲信修睦,塑造诚信和谐的社会文化。大同世界进而描绘了社会愿景:"使老有所终,壮有所用,幼有所长,矜、寡、孤、独、废疾者皆有所养,男有分,女有归。"国家为各类人提供各色舞台与各种福利,哪怕弱势群体也能受到关爱。那么怎么才能实现大同呢?关键在于"人不独亲其亲,不独子其子"、"货恶其弃于地也,不必藏于己;力恶其不出于身也,不必为己。"说白了,就是人人都要有奉献精神,把别人当作自己一样看待。

陶渊明和儒家的理想社会虽然存在着返古和演进的路径分歧,却都代表农耕社会中人们的朴素愿望。归根结底都期寄于人心向善和民风淳化,来形成个体自律和群体互助的社会调节体系。相比之下,古代西方理想的城邦社会则处处体现着智力安排与强力控制,这一切又像是对先验规则或神之意志的恪守与遵循。他们把国家当作一部精密的机器,个体是机器上的零部件,柏拉图提出的理想国最具代表性。他认为人有金银铜铁之分,应当各安其位,各司其职。这种把个体置于群体之中,以功能化的视角来进行审视的观点,与农耕社会的伦理道德格格不入。如柏拉图主张孩子一出生就应离开父母,由保育院共同抚养,这在儒家眼里就是无父无君,大逆不道。

俗话说:此人之肉,彼人之毒。一部分人的梦想有可能是另一部分人的梦魇,所以理想的统一是理想社会成立的基本前提。如果有一部分人,哪怕是少数人的理想没有实现,社会就不够理想,不能称之为理想社会。陶渊明的世外桃源只是勾勒了人们生活和劳作的场景,并没有揭示他们的思想状态,他没有交代是否所有的人都能安于现状,都不愿意社会向前演变?然而,有一点明确无疑,所有人都不想跟现实的社会有所接触,以至于后人无论如何再也找不到进入桃花源的路径。后世文人大概都能读懂陶诗的精髓,所以他们歌咏桃花源时,与世隔绝、人迹罕至、景美物美、自赏自乐,没有时代印记,没有世俗特征,成了共同的底色。如李白诗云:

> 问余何意栖碧山,笑而不答心自闲。
> 桃花流水窅然去,别有天地非人间。

如果说诗中李白只是向往独处与悠闲,寄情于高山流水,把与山水的互动作为社会性的一面,那么明朝的葛一龙则更进一层,进入了物我两忘的境界。他的《桃花源》写道:

> 一涧入苍烟,
> 千花绕涧边。
> 花开与花落,
> 流水送流年。

"花开与花落,流水送流年。"这是一个没有时间维度的寂无世界。王阳明去游南镇,一朋友指着山中花树问王阳明:"天下无心外之物,如此花树,在深山中自开自落,与我心亦何相关?"王阳明道:"你未看此花时,此花与汝心同归于寂,你来看此花时,则此花颜色一时明白起来,便知此花不在你的心外。"心外无物,心外无理,依此训,只要守护好心中的那片桃源,这个世界就洒满理想的阳光。

陶渊明的桃花源还着眼于人与人之间的社会形态,到了李白便转移至人与景之间的意境融合,再到葛一龙就成了个人内心的致知省悟。窥斑见豹,

［明］仇英《桃源仙境图》

古人对理想社会的追求,选择了一条由外向内的路径,这或许是心学能在传统文化中大行其道的原因之一吧。

图书在版编目(CIP)数据

归卧故山秋：古诗词中的意境 / 陈晋熙著. — 北京：商务印书馆，2023
ISBN 978-7-100-21912-9

Ⅰ.①归… Ⅱ.①陈… Ⅲ.①古典诗歌—诗歌欣赏—中国　Ⅳ.①I207.22

中国版本图书馆CIP数据核字（2022）第240742号

权利保留，侵权必究。

归卧故山秋

古诗词中的意境

陈晋熙　著

商　务　印　书　馆　出　版
（北京王府井大街36号　邮政编码100710）
商　务　印　书　馆　发　行
北京新华印刷有限公司印刷
ISBN 978-7-100-21912-9

2023年5月第1版	开本 787×1092　1/32
2023年5月北京第1次印刷	印张 8¼

定价：62.00元